晚冬

文於天

三 針尖和腴辭

四 如果內心強大得可以歌頌恐懼和寂寞

五 憂傷的物件

六　十二篇

序

在枯樹上寫詩

譚穎詩

原來我和文於天在2009年左右認識，至今已超過十年了。那時我剛成為研究生，愛好創作的友人告訴我：「這屆新生有文於天，有希望了！」而我僅僅記得在一些文學雜誌見過他的名字，似懂非懂地讀過他的詩。不久後，開始和於天在MSN上成為了網友，再過一段日子才在大學見到他本人。他並沒有想像中的文青的樣子，反而更像愛好籃球的好動青年，表情冷酷，說話爽直。回到MSN的世界，則又變回一個青年詩人的模樣，文字裏的於天相當健談，熱衷分享喜歡的電影和流行曲（毫不掩飾他對柯德莉夏萍和謝霆鋒的愛），間雜水準頗高的笑話。我們之間花在唱K、街拍、動畫、貓，甚至討論食物倫理以上的時間，都比我們認真地交流文學話題的時間多上很多，這些後來都成為我讀他的詩的線索和靈感。例如他告訴我，「文於天」這個筆名是他中學時寫的武俠小説主角的名字；因為成長中的挫折和誤會開始了寫詩，便決定以這個筆名來闖蕩文學的江湖。

每次見面也好、訊息也罷，他也像打招呼一樣平常地問我：「幾時出書呀？」我總是推説你先你先，然後他在2014年，果然出版了詩集《狼狽》。他告訴我這個喜訊時，卻沒有滔滔不絕地講自己，而是馬上接上一句「幾時到你？」，至今還是時時説起。我想我們憑這一句，即使沒有常常討論文學問題，也能成為合格的、互相鞭策的忠實文友。他邀我為《晚冬》撰序，我自然是欣然答應，也對他的新作充滿期待。

《晚冬》尚未付梓之前，曾暫名為《枯樹誌》，兩首同題詩都同樣帶有一種頽唐的意味。匆匆讀完詩稿後，我不禁鬱悶起來，也替他擔心，一度覺得於天陷入了創作的瓶頸——新作不少和《狼狽》重複的意象、相似的句式，篇幅卻愈來愈長，有些更織入私密的經驗，讀者恐怕難以進入。但一再細讀之後，這種「缺陷」卻引起了我的注意，重複而疲倦，不就是詩人苦無出路的生存狀態的一個具象？

重複的生活，循環的時間

我總喜歡由書名去進入一本書。如果說「狼狽」形容成長半途的踟躕迷惘，「枯樹」和「晚冬」，則同樣指向暮年的憂鬱。於天寫作這些詩不過三十歲左右，說是暮年也未免太過；但作為同代人，我卻能深深理解到，衰老的悲哀，並非恐懼它即將到來，而是發現它早已不動聲色，把自己圍困在內。

點題詩〈晚冬〉裏，他以重重圍困的形式書寫重複無味的生活。開首鋪寫看似開闊的天空，「煙霧在城市上空。／雨下完了／黃昏的瀝青流在牆身上／流到周年晚會後的停車場」，但由凝結的霧到雨，兩三行就落入了水循環系統之中，然後接著寫的，是日夜的更替。水、日夜、季節，在文於天的筆下，自然的法則與人類的法則並行，行走在學校的詩人自己，則在學期的起始之間，不斷進行著管理的工序。而教育的目的，也是傳授某種世界的法則——因襲的鏈條便這樣一環緊扣一環，使詩人無法逃脫，「我受這樣的生活所困。」

有趣的是，詩行之間出現的括號，看似成為了循規蹈矩的世界中，唯一的出路。括號是反省、自我懷疑的腹誹，有時和括號以外的正文、括號和括號之間，甚至構成一種互相反駁的關係。例如才剛寫到不合時宜的教科書，就出現了夾在兩段「閱讀」之間的「低調的括號」：

我們依然生活在它的身體
以枯萎的顏色思考
以秋色閱讀一些愛恨

（社會說我們要保持雁形
我們顯然不具備
堅韌的甲冑，拍翅）

（我們用低調的括號表達
飛翔的隱憂：只要有了城市
作為憑藉，只要有了重複的必要
就可以在厚雲下憑藉天空飛翔）

但是我們不再如此
——閱讀，一座孤獨的塔
背負了時代的時代、
沉默的沉默。進入了晚冬

學校和老師採取的方法就是「閱讀」，按照書本傳遞知識；閱讀的過程中突入的那些「低調的括號」，可視為對「法則」的挑戰。社會教導飛行應有的姿勢，「保持雁形」，自古以來「雁」是群體的意象，「我們」卻不具備成為群體的條件。上一本集子中，詩人雖曾自比「雁」，但卻是以「孤雁」的形象出現的（「但我是雁，是野禽」[1]），這種孤獨漂泊的心境，在本書中仍然佔重要的位置，雖然無法很圓融地成為群體的一份子，但因為要在城市重複過著平穩的生活，所以明知不擅長，也可以「在厚雲下憑藉天空飛翔」，帶著隱憂、磨平稜角去嘗試融入。時值晚冬，候鳥為了生存，想必需要群居棲身，越過寒冷的季節——這是成熟，也是孤獨的新的形式。

無所用心的日子，如「Ricoh影印機複印的晚冬」，暗示機械人一般的營營役役，內心空洞。其後詩人終於也走進了建築物內部，而不再只是沿著走廊和邊上行走了，他將辦公室的圍聚寫成了「夜宴」和「佈道」的儀式一般，意識到學校正是規訓的場所，密集地提醒著「法則」的重要。在正文的結尾，坐立不安的他已成為了規訓的一部分，但這時括號又再升起：

（一些桌椅於是展開了飛行，
它們有它們完整的形式
有它們唯一能夠完成的主題）

或者總有一些事物，能不受季節和群體的拘束，可以自由馳騁罷？詩人用想像力打開了一個看似荒謬的缺口，桌椅雖是死物，卻是學校裏最多的東西。我主觀地認為〈晚冬〉是初出茅廬的教師的剖白，熱情瞬間被冷水澆熄，不得不直面現實的鐵壁，由是這本集子散發著如此消沉的氣息。然而詩人似乎內心充滿矛盾：老師的工作原是他的理想，他熱愛文學，想將自己所學所愛教給下一代；只是現實中原來有諸多的制限，並不存在純粹的教育。

學校：馴化的現場

文於天在〈後記〉中提到他的創作都在「教學的間隙」完成，相信這也是大部分老師作者的寫照。創作不再是可以慢慢空出一段長時間來做的事，而是你必須在通勤的路程上、在備課的閱讀中，或是在短短的空堂裏，爭取時間進行構思或執筆。在這樣的背景下，學校毫不意外地成為了《晚冬》最常見的場景，而圍繞教學工作的細節，也統統成為了詩的意象來源。於天曾在一篇創作談中自白，「長久以來的教學工作，填充了我平平無奇的生活，我能夠不在其中得到一點書寫的動力嗎？」[2] 而我們也得以沿著此書，進入一個老師的「台前幕後」：日常授課以外，設題、批改、寫教案、出席考察交流團、進修、見家長、謝師宴，到近期的網上教學，全包括在他的工作範圍裏。一日只有二十四小時，思考要不壓縮、要不只能重疊，詩的聲音便從時間的縫隙冒出。繁忙的工作似乎要把詩的感性一一榨取，尤幸於天也以創造力頑抗，將一成不變的格式和標準暗渡陳倉，互文（Intertextuality）而成為自己作品的一部分，開拓了新的表現形式。這種嘗試在《晚冬》中俯拾皆是，篇幅所限，在此僅能略談我印象較深的一些，其中一例便是上文提到的〈枯樹誌〉。

〈枯樹誌〉寫七月的事。對一個中學老師來說，七月是一個特別的時間點，它代表學年的終結，暑假，也即將要和學生告別了，因此〈枯樹誌〉筆下的炎夏，瀰漫著一種早衰的秋意。校曆上的季節更替，和自然的季節一樣是循環的，「在最後的一節課／我們又回到從前，那一段關於夜宴的掌故」，熟識的課節早已操演無限次，對學生來說是「最後」，對老師來說則是「從前」。

〈枯樹誌〉裏的學生正在學習庚信的〈枯樹賦〉。身為老師的於天，理性純熟地拆解這篇課文的肌理，而教學以外的詩人之心，卻泛起一種類似於庚信年華老去的傷感。他的閱讀便需要時時面對兩種自我的拉扯：

（……）

是的，我交給他們一些數字：

烏啼是一，烏鳴是二

月球是零，月亮與它的影是一

這些咒語一般的數字排成一些焦黑的枯草
斷斷續續地進行著：唳鶴和吟猿
是三，木葉落是二
長年悲是一，枯墨是零

——這些數字像一場風暴
而草木總是堅忍。我們用甚麼來突顯
這種堅忍？用一整個月的雨？
用一座大樓的油漆？
我們用影印機的錯體和故障
用我們委曲的手指寫些錯別字。

優美的文辭被點列、歸類成筆記上的數字，雖然方便解說和背誦，難免會截斷了美感和意義。詩人心知深刻的感受是無法被一一具象的，老師卻必須相信這種教學法有助於知識的掌握。最後一句可堪玩味，感覺「委曲」的是那個我，是詩人還是老師？「錯別字」是指甚麼標準下的錯？相對於哪一個答案而言？詩有所謂「答案」嗎？而那些來自庾信的中年悲情，「木葉落，長年悲」，對眼前的少年人來說，又何嘗不是無法理解的「錯別字」？

〈枯樹誌〉中被教育馴化的對象除了學生，還有老師。老師需要磨去課程以外的個人意志，合乎某種量化的標準，組詩〈教育旅遊團六章〉所聚焦的，是被馴化所引起的不安感。這組長詩中，詩人到中國的邊境進行教育考察，所有行程都在安排之內進行。第五首〈重讀〈乙卯正月二十日夜記夢〉〉相當有戲劇性：在參觀完實驗學校和歷史博物館之後，他和一眾團員在讀蘇軾的名篇〈江城子（乙卯正月二十日夜記夢）〉，他甚至將詩硬生生地寫成一份教案，填入「教學步驟」、「時間」、「課節內容」、「目標」的表格，刻意而突兀，呈現了教學對他的束縛。

團友們照本宣科，他則是以電影《22世紀殺人網絡》（Martix）的科幻世界觀，把這種講求「理性客觀」的分析慣性推到極致，將蘇軾的人生際遇想像成虛擬程式，解構了原作。若《22世紀殺人網絡》中的現實就是母體製造的一個假象，那麼「夜來幽夢忽還鄉，小軒窗，正梳妝」，也許是一場夢中之夢，他的「相顧無言，唯有淚千行」，他的愛情和哀傷，也是1和0的組合而已。詩人意猶未盡，將另一套電影《潛行凶間》（Inception）的世界觀也捲入其中：

從簷前的窗口又看見蘇軾
一身冷汗，臥在那裏
多少年了，也無法從夢中驚醒
我漸漸**侵入** 1075 年的一個夢
從那裏我再望見操場的對面——

狹窄就是說一些人的夢乍一看
是一座矮塔，當我踏上台階
無數的台階將塔頂隔開
我將永遠矮於
那座塔

侵入某人的多重夢空間，是《潛行凶間》的經典場面，詩人將電影的設定與他們刻下的備課相提並論。他假想身處同一層的蘇軾（文本）就在面前，而他得侵入「1075年的一個夢」（解讀文本）。電影中主角入侵他人夢境只有一個目的，就是改變現實，放在文本解讀的語境中，就是奪取詮釋權。可是他自覺這場進攻並不成功，他們嘗試進入夢空間裏的矮塔（文本意義），然而只消一踏上台階，就不得其門而入。根據電影的邏輯，若他們無法讓蘇軾清醒過來，則面臨迷路，永遠地被他人的夢空間所困——無異於在教材中泥足深陷的老師。

重寫：共時的對話

改寫蘇軾的名篇無疑是一個複雜而精緻的玩笑，但範文的教育，缺少的往往就是這種時代的活力。《晚冬》中，重寫計劃佔了很大的比重，我將之視為與範文進行的對奕。第六輯「十二篇」便是中學中文科十二篇文言範文的有意重寫，書末何梓慶的專文已集中評說，在此不贅。令我感興趣的是「重寫」的企圖。詩人在後記中說：

「重寫」是一個很有趣的想法，因為它能夠在時代中繼續流動，它並不只是一個文本，而是一個有機體，是有依據的書寫。

我提供一個只有對錯的參考答案——給我的學生，我也提供另一個沒有對錯的回應——有趣的是，他們所經歷過的人生，我也有，我的時空也有。

古人的時空有甚麼？我們的時空有甚麼？範文若作為一種「典範」，其語言已失去活力（文言文已不再是口頭語言），所保留的文化內涵，想必有值得學習的地方；而若作為一種「規範」，則重寫是一種大膽的離題，是將範文由「可讀文本（le lisible, the readerly）」，重新變回「可寫文本（le scriptable, the writerly）」的創作實踐。範文以外，尚有一篇〈有時有時〉，重寫了本土詩人梁秉鈞的名作〈中午在鰂魚涌〉。

〈中午在鰂魚涌〉是書寫枯燥現實、工作疲憊的詩，頹唐的心境與《晚冬》這本集子有相似之處。原作中，詩人以平淡的筆觸，寫下在鰂魚涌工作時，午間小休所見到的景物人事；文於天的重寫，則寫自己由荃灣下課的路程上見到的景物人事。梁秉鈞的壓抑，在我們的時空繼續存在，而文於天的重寫中，城市的風景則顯得更加封閉。〈有時有時〉深化了重複的主題，全詩以人流的動線鋪展，將下班上班的循環寫得如潮汐更迭般平常，「有些人急著回家／卻總在途上／有些人急著離開／卻總是回來」；與原作同樣，頻繁地使用「有時」營造節奏，將所見所聞寫成一種不變的常態。但是現在，高度發展的城市建築是走不出去的迴圈，詩人從日日如是的生活中，漸漸陷入了迷失，無法分辨自己的方向，對世界的感覺麻木而錯亂：

電梯緩慢而下
巨廈慢慢爬升
我總是聽不見當中的分別
從天橋走出天橋
有時並不知道哪裏才是
哪裏的盡頭哪裏才是
哪裏的起點

〈有時有時〉中的場景是接續的，卻沒有寫到出口的所在，生活在其中的人們只能匆匆經過。唯一一個供人停駐的休憩地，也只是人工化的「沙咀道球場」，在「一片上色的青草」上，人們才有了休息的正當性。將休息盡可能地壓縮，卻以此作為繼續工作的微小動力，一個球場、一個天空，都令人們能短暫地想像自己離開疲累的軌道，寫來相當悲哀。而這種悲哀彷彿會在無望的城市中重寫下去，成為我們這代人共同的窮途。

教師雖然有相對優厚的收入，但人的困境不一定與金錢掛勾，在我看來，整本《晚冬》便是一個詩人意識到，生活穩定的另一面仍有諸多不得已，疲倦和遺憾。我想於天應該懂得，書本其實是死去的樹；但詩在其上卻能生長茁壯，枝葉繁茂，生生不息。

2021 年夏

1〈野禽〉，見《狼狽》（香港：麥穗出版，2014年），頁七十九。該句同為該書第二個詩輯，亦是包攬篇目最多的一輯的輯名。

2 文於天：〈詩人自道：按捺不住〉，見《別字》第26期。

3 由於形式特別，難以引用，此處請參看《晚冬》頁八十八。

别人的星球，自己的山丘

2015
2017
2020

家宴

飯桌上，我們吃的是各自偏愛的東西
食物早就超越了語言
依次擺放，愈來愈脫離味道的本色

在孤獨的建築裏，我們坐著
吃一些冷碟、醃魚、漬物和豐富的葉綠素
燈光曬著所有這些保守的食物。
窗在遙遠的地方

從游筷的童年起，房子就已變成一列
時間的裝飾，如今晾著那年冬夜下
圍爐時份的風聲，從不吃芹菜的我

舉起筷子，挑開它們
難嚼的根莖

那些遙遠的冬夜終於
在吃食之間淡去，風聲換成了咬嚼聲
父親說：「一張飯桌便已交代完
調味的歷史」當他複述抽象的祖父時
祖父和童話一樣扁平

父親搛起鹹酸菜，扁豆和薑絲
米粥是一樣的；弟弟的偏吃
和二十年前也是一樣的
他還在說藏在魚湯裏的鱗片
還在說那個下午水桶裏
默不作聲的塘鯴，游進了輸水管
游進了倒映在水上的燈光；

母親的刀功也是一樣的
斜削和快切的節奏，剁茸的聲律
都花在時間的雕刻上
但已經趕不上來了

一餐簡便的飯
交代完一代人、兩父子幾兄弟、
父親母親、一隻貓的晚年生活、
一間逐漸騰空的房子——之間，
靜止的疏離感。坐在一起
我們早就有了共識，除了搛菜的方式
除了咀嚼的聲音，除了靜靜填充一些
沉默的胃口，便不再細究時間的枯萎
我們以筷子對談

父親早已忘記

曾經一再提起我努力想像的祖父
年輕的祖父坐在席間
揀菜，抹煙斗，吮魚骨。
我想像他是一位穿官服的清朝人
有長辮子，但他不是。想像他有和父親一樣
多愁的側面，但他沒有，他便如此坐著
說很多陌生的語言，在飯桌上，
舉箸，敲煙斗，完成一場
家史的教育

但父親，早已是一個
永遠無法明白的意象
第二次，被我放在單調的行距上
生活縮成一桌無法統治的飯菜，
他坐在那裏，吃著鹹酸菜，醃物
蘸上辣醬吮多骨的魚，但吃不太多

愈來愈像住在清朝的祖輩
不斷修飾著命運與哀愁。
在偏僻的鄉村，他的父親以父權消滅了
後代成長的焦慮，在同樣的餐桌上
他一直在營運一場父權的盛宴
將我和弟弟們放在
焦慮的位置思考。是的，我們隔著
一張桌子用餐，穿過了廳堂
又回到廳堂，用了幾十年才長成
一些他所不能理解的子嗣
他的糖尿病、曲張的靜脈、
身體內孤獨的風暴，被他翻譯成
命該如此，我常常被翻譯成忤逆及負心、
遙遠或者充滿錯誤。

如果要告訴父親我已經飛越了童年

成為一個務實的人，更多的時候
是個浪漫主義者，能把抽象的天空
變成海浪，能照料一隻貓
愈見虛無的晚年，為牠多出來的地方添置家具
如你的晚年，像一桌習以為常的菜餚
我時時以芹菜伴粥，時時遇上
童年的自己，但你卻仍然在為人生辨味

我仍然不能算是一個務實的人
一直不符合你的意願。我們坐在一起
在各自的旅程中飛翔，我久已怯於向你證明
哀愁的傷害，在艱難的語言中
找到數之不盡的弱點、怯懦。
關於理想，一些找不回來的價值
我從來不敢將它形容得
義正詞嚴，一些我無法完成的事

至今依然無法完成
像一部論述式電影始終無法完成的結尾

菜餚必先通過一個
繁複的過程，才能超越一具其他動物的身體
是一道菜，一門藝術和美學。
當母親把刀子放入家禽的咽喉
割出不連貫的聲音，再放入
魚腹的城府，彷彿那裏是個廣闊的城市
放入那些名為食物的家族
我第一次從不鏽鋼片中讀出
我們所知的童話，是一連串禁地。

圍爐夜裏，通過許多老舊的食忌
快速飛過語言的嵌縫、禁地
我們依然被禁止，依然享受這一場

味道散失的旅程

規訓

規訓是屬於祖母的
但家園卻屬於我
果子使夏天完全熟透的時候
雨下在同樣的地上

地球升起了海岸，我們順便
走回自己的地平線
祖母的天空屬於早上一片雲雀
此刻是一些海鳥
正在飛往記憶中的叢林

一整代人後續的憂鬱

屬於另外一些喧雜和語音
我帶著缺憾的語音說，我說一座城市的異鄉
說給誰聽？說出孤獨的勝利
說給冬天？

那些雪片似的花卉
是一張技藝超群的瀑布
為了慶祝雨水和陽光
寧願慶祝靜靜的沼澤、獨處的故鄉、
果子上綻開的餡餌。
祖母無法背誦的傳說和墓誌
根於中國人的大腦
發達得像深海的漁船

凌晨，高速公路開墾了幾代人從不相交的夢境
在那裏，祖母早早就睡了

2015 09 14

規訓之二

我們又回到尷尬的岔口
找到作別的方法
從碼頭退到孤峰
及膝的山水
及腰的草木
帶著姓氏的鋤頭
這些複雜的敘事
我們都不去揭穿

油漆一般的月光
暗自漆著垃圾回收場
一排櫸樹削成的家具

一張野豬皮縫成的沙發
一條魚骨天線
接收不到的回音
我們都相安無事

大都會的遊賞與餞別
叢林中的語言和默契
祖母說不出
我們回不去

這樣的岔口其實不少
那邊仍是過去
這邊卻已浸入未來
記憶的叢林怎能夠張開
花的時間？
聲音慢慢也會結出

果核，樹是虛設的庇蔭嗎？

遠方的玻璃
建造了酷熱難耐的溫室
一株植物垂死的驕傲
與一片荒野肥沃的陰影
它們找到了依承

那些屬於父親的植物
就像一片斑駁草原上的倒勾
有父親說不出的渴望
有不屬於他的故事

我知道，那不過是一些
傷人的暗器，我們居於美麗都市緊閉的門內
浮游不定的旅島，孤獨的地理

如同一隻巨艦，駛向我驚險的夢

一會兒的鄉土
一會兒的津筏
早已成了一片重複的遺跡
我知道那不過是
石頭與石頭的隱喻
植物與植物之間的交談
刮痕纍纍的語言
我反複操練，我說出
秋末月光的吝嗇
朗誦著散落在甘蔗田裏的飴餌

我們在寂靜中踏著祖輩的舞步重複著
鄉音無垠的連接詞，交談。

入夜後，就老了。
餘下的只是記憶
餘下的都是規訓

2020 07 22

新視野號

1

一個無比閒適的下午
我第一次成了豪傑
放棄了仁
放棄了義
像置身一個狂歡的廣場。
我們坐在匕首一樣的火車上
去山水詩的世界郊遊
搖晃之中，城市被異鄉拆開
下午顯得異常古舊。
隔著一片輕金屬

我的列車正向著沒有意義的世界投擲
對於生死，我們總是不發一言
努力不去想像郊遊的風光
那些野鴿子，拍翅而起
在仁義裏面
我活得比牠們抽離

一握不能離飾的風沙，或礫石，
被沉思累積，石頭
幾乎不能沉默
所有人在無法離開的堡壘中
靜靜坐著，我的列車前進
星空卻在旋轉
探測器已經抵達
在記憶的公園停下

我撫摸著一把不會疲倦的刀
提著刀，我就是永恆的豪傑
北風是一把聲音
然而永恆卻已成了風沙和礫石都無法譯出的抑鬱症
我們都顯得有點力不從心
因此才可以在暗夜中釋壓
才可以躲在輕金屬的外殼中
暗自丟棄一些
悲哀的玩具。聽沙石
擊打在堡壘上，越過碎裂的沙洲
（那一列星宿，哦，
那一列被火車貫
穿的星宿）那些離散的野鴿子
迎向了刀口，牠們懂得甚麼時候應該
從容就義，伸長了脖子等待
甚麼時候應該帶著背包，

坐上火車，在飢餓的郊野
失聲朗讀《大悲咒》
在覓食的途中退後

2

我首先離棄的是石頭
然後是海島
那些我們賴以生存的儀器
都已經製造得過於精巧了
火車第一次跳過了燦爛的日落
我從影像中獲得冥王星幽幽的山嶺
古遠的冰山、穿流不息的氮河
一段煙霾。別人的石頭
擦拭著我的天空，一條裂縫
分開了一個世界

在縫紉機的語法中
裂縫便是花飾
攻擊更像是異形的倫理
憂鬱的線條，跳著針步
一如斜斜的一支舞，要飛奔
繼而貼著靜靜的遠山
影影綽綽地掠過

通過那裏的石像
通過野鴿子，我終於有了一點常識：
我們不能穿過遠山
看見它們的黑暗面。
我們共同的星球
在遷徙的異鄉中，成為山水詩的意象
走進探測器，塵埃一一安放在地上
空氣安放在寂寥之中

我手刃了邊疆的敵人
我提著被自由滲透的首級
乘著探測器，去古畫的意境郊遊
伸長了脖子望見
自己正被繪畫在一座孤峰上
野鴿群早已不見了
這敘述了我的心情

3

輕金屬的外殼如一塊扁舟
隨著倒敘的探測器漫遊於
神秘的巨流——柯伊伯帶的河
我們被沖刷
被故鄉快速掠過
被儀器探測，先於編年史

被生命編寫，這之中
究竟我要和這些漂泊的石頭
相遇多少次？
先於故事，我們才能像甚麼事也沒有發生那樣
安於現狀，收起翅膀
閉目然後持續進修
與陌生人不斷交談
就像可以節錄出來的史學孤例
在一些枯竭的警句和遁辭中
找到了意義

但這不能根治
萎縮的群山
這相等於一段
暗黑的咒文

我始終是一名旅者
必須在無數的絕嶺上掠過
抵達了邊境，涉水而過
丟下滾燙的首級，卻發現，
古老的探測器早已墜毀在那裏
成了丘陵的遺物，疲倦的沉聲
成了最冗長的遺跡

我是奮進的豪傑
縱然奮進都免不了寂寞

2017 10 31

煎

對於屋頂上炙熱的天空
我可以說些甚麼
雨的聲音不能從那裏
透進來，炎陽飲著
午後沉默的枯井
一些夏天的事
抽油煙機委婉地抽著
一些寂寞的差距
卻總吞吞吐吐，天空此刻就像
印在吸油紙上的靜物
大樹和倒影被巨廈吸收
陽光繪畫在蒺藜的葉上

掛進風中的衣服
一件一件曬出潔淨的塵粒
母親曬著她對日午
曠日持久的偏見
她總是相信
被子裏藏著一隻跳蝨

夏蟲的聲音橫過了某些
燠熱的雨夜，滲進牆縫的時候
被屋簷上的蛛網濾剩一些
拂起的煙塵
（蟲聲往上冒升
電風扇又將它們截齊）
我墮入舊時肥膩的溪水
溪畔的柳樹沿風景線裁下
漁販刮剩的鱗片

在炎陽下閃爍，孔雀綠的
刺青色的閃爍
魚眼睛內的世界很快便被
暴雨和驚雷摧毀了
（對於寧靜，熱風洗著它的焦慮
而扇頁砍伐著空白的閒常）
倒置的風景卻一直停在陽光下
被長久曬著、煎著
那時母親一再叮囑
雨會帶來多足的精靈
溪水裏住著吃小孩的河獸
此後我深懼於涉河，不通泳術
並於其後久久懼於翻讀
芥川龍之介（我站在高樓上
玻璃折斷了複雜的蟲聲
母親在調火煎魚，兩三尾孤獨的塘鯴

困在隔夜的水下）
一個人始終無法走出
離題的異鄉，從魚缸探出去
異鄉是一塊滑溜的玻璃
堆著刮剩的魚鱗，隔著大雨
我望見夜色火一般燃燒著模糊的燈火
玻璃外面映照出一個緊縮的幼年
與我遙遙對望，那裏
斷流的溪河沉積成一段山丘
金魚游過玻璃外面這座城市
重複而平坦的風景
後來金魚通過抽水馬桶
抵達城市幽暗的山丘時我並不知道
自己曾否也如此路過
別人的星球，遊過一些山丘

——夏蟲的聲音
終於抵達燠熱的高樓
一些人把收音機的咳嗽治癒了
他們坐在屋頂下整理自己的心事
運用手掌獨有的割紋敘事
有時還帶著家族削不走的骨刺
去族譜遊蕩
但回來了，依然坐在平整的屋頂下
思考人生和樓價，以及為早已終止的未來
作一些打算。
我站在高樓上，屋頂並不高
母親在橙色的日照裏煎魚
天空橫亙於樓宇之間的夾縫
母親的廚藝有時詮釋著
一些夏天的事
她教我烹飪的道理以及

許多在重複中早已忘卻的食忌
鯧魚在煎鍋上拍動尾鰭
火尖伸長了舌頭
慢慢鑽進魚皮柔軟的肌理
大眼鯛瞪著屋頂上的燈
兩片魚鰓排遣著過多的驚懼
這些我後來才弄清楚名字的海洋生物
詮釋著我顫慄的童年：
入夜後太陽會溶化成洪水
慣於游筷的孩子
要誤渡，此後時常夢見水族館裏
幽藍的蘇眉，對大海的憂鬱
一直耿耿於懷

孕了許久的整片邊雲
入夜前覆盆而出，陡峭的天空

鑽出火舌斷裂的光芒
鉡盤裏，隔夜的塘鯴
游進了彼此的靜默
牠們聚在一起並沒有討論生命和義理
觸鬚微微起伏，早已游不出
母親流麗的刀法：
「流鼻血的時候
要吃塘鯴，治虛寒」
這些被大雨驚醒的鯰族最後游進了
刃口裏危險的山峰
牠們這樣世世代代泅泳於
刀山和油鍋，泅泳於
一鍋營養豐富的米粥
有時候牠們燙傷的尾巴在沉沒之前
仍然在星火之中拍動
為夜色所傷，

舊日童稚的夜色與身體相連
像天空將要誤渡
要打開

在望不到細節的星象裏
颱風早已過去，黑夜壓過了
後面的黑夜，一些舊事依然鬱鬱於
無數孤獨的星球
在這些無可逃逸的高樓上
屋頂可以跟我研討些甚麼？
那些在電視劇中睡醒的人
他們並不仰望屋頂
他們依從生活的節拍
跳不同的舞，在緘默的房子裏煎著
間中種植缺陷的盆景
分享吃剩的魚

像帶傷的麒麟分享著
自己的鼓譟

2015 02 22

像極了大雁紛飛的動物園

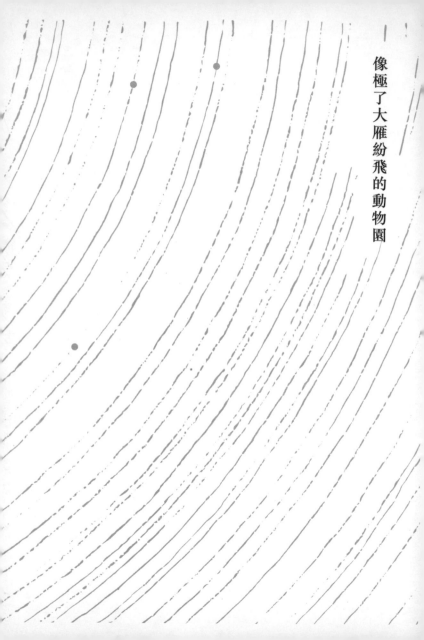

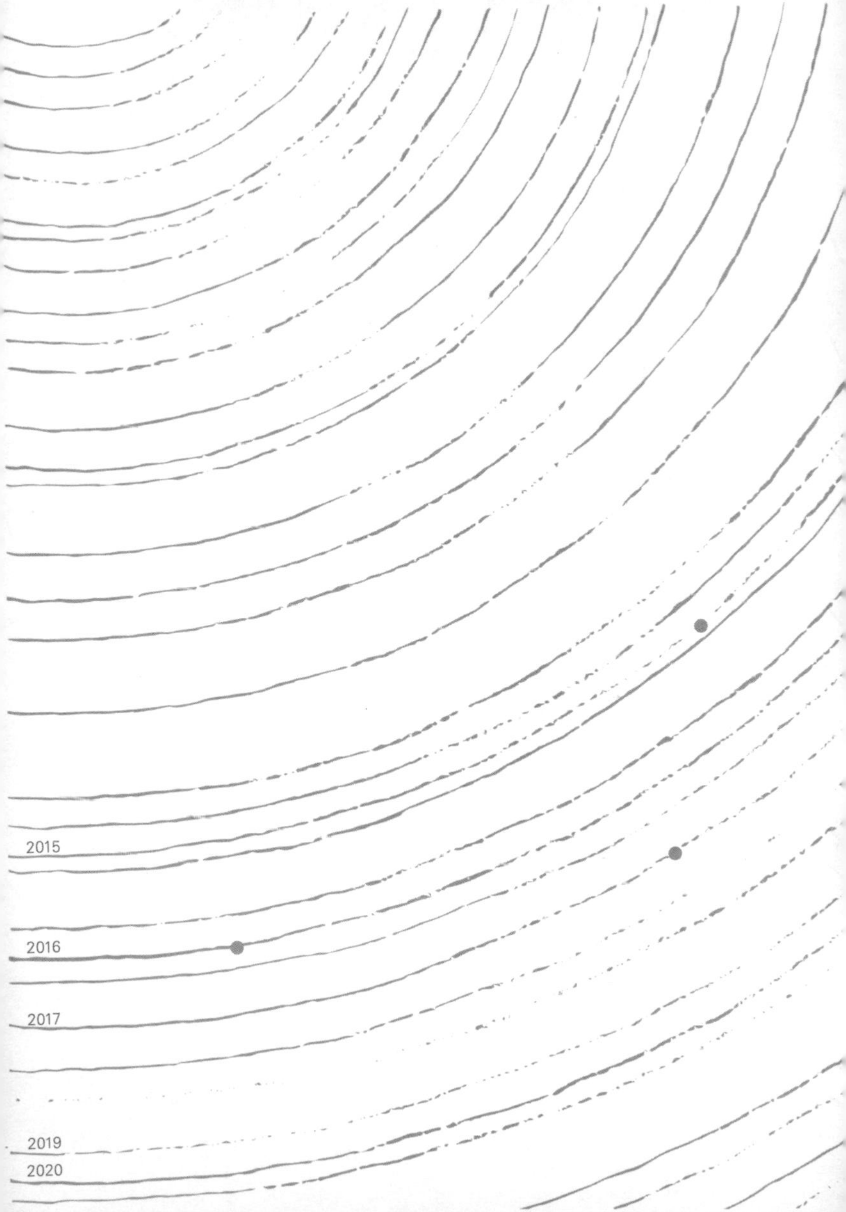
2015
2016
2017
2019
2020

有時有時

——重寫梁秉鈞〈中午在鰂魚涌〉

黃昏的時候
荃灣就開始多人
有些人急著回家
卻總在途上
有些人急著離開
卻總是回來
彷彿無法拒絕對潮湧的幻想
有時從綠楊新邨走到眾安街
再走到路德圍
然後去海濱長廊就開始長長地吁——

一口氣。有時看見樓宇剎那間遮天蔽日
看見天空終於烏雲罩頂
對壞天氣才有了一些
無能為力的期待

從天橋走進天橋
有時小販在那裏擺賣廉價的玩具
那些以致癌物質印製的商標
在黃昏金色的光下閃閃發亮
有時會遇見東歐的難民
席地而坐，一聲不哼
有時他們卻唱起了傷心的音樂

南豐中心的電梯裏
荃灣公共圖書館嚴密的閉路電視中
或在三聯書店的文具部

我總是找不到正確的貶義詞
有時疲累成了知識
有時知識收集著窗外的斜陽
電梯緩緩而下
巨廈慢慢爬升
我總是聽不見當中的分別

從天橋走出天橋
有時並不知道哪裏才是
哪裏的盡頭哪裏才是
哪裏的起點
有時需要依靠別人的語言交談
像說出一個艱難的咒語
有時卻能自然地以簡短的一天
交換一個冗——
長的詞彙，學習使喚

生活的咒語，模仿
別人的鄉音

在沙咀道球場的硬地上
那是一片上色的青草
有些人在那裏找到漫長跋涉的理由
有些人卻在草中騰躍而起
像一個洩氣的球孤注一擲、奮發向上
而後從長空中
落下——黃昏的時候
荃灣就開始多人
有時他們從挫敗中回來就進入一片
茫茫的草，有時舉頭凝望
茫茫的長空
疲累就在觸手可及的遠方
等待著隨雨而下

總有等了太久的雨
總有說得太多的話
生活長滿了猖獗的怪牙
有時給你紀念的傷口
有時卻只有斑斕的傷疤

2019 04 24

枯樹誌

在七月，我如常走過圍欄
面對那些不發一言的樹
它們大多不會對自己所處有甚麼意見
但對天氣卻有著最大的包容。
一些少年人，讀著〈枯樹賦〉
以他們不可能擁有的聲音
駕馭別人的中年，他們以大都會的唱腔
唱出「此樹婆娑，生意盡矣」時
我差不多成了其中最消索的一棵樹

在七月的某一天
這些少年就要進入沉睡

他們成了一些昆蟲，
飛過棄置垃圾的平原
在蝴蝶不能抵達的平原上，這些閃亮的昆蟲
像標點符號一般，模糊了視野

在最後一節課
我們又回到從前，那一段關於夜宴的掌故
寫成枯樹的年輪，一圈屬於內
一圈屬於外，兜兜轉轉
變不成數字，是的，我交給他們一些數字：

烏啼是一，烏鳴是二
月球是零，月亮與它的影是一

這些咒語一般的數字排成一些焦黑的枯草
斷斷續續地進行著：唳鶴和吟猿

是三，木葉落是二
長年悲是一，枯墨是零

——這些數字像一場風暴
而草木總是堅忍。我們用甚麼來突顯
這種堅忍？用一整個月的雨？
用一座大樓的油漆？
我們用影印機的錯體和故障
用我們委曲的手指寫些錯別字。

七月之前，語言是樹上的蜂巢
修改之後的作文：
「在一間空房子中，我過著比別人慢一半的時間
當我完成了最後一段，我似乎
能夠像房子一樣，深淵一樣，
空下去。」

——充滿欠缺立意的隱喻。

我開始批改這篇作文
在空房子中，寫字檯終於成了語言的浮艇
昆蟲都衝進
那個擁擠的蜂巢，直到枯萎之時仍在——
那個蜂巢。大都會一般都會有一條逃生路線
一些備用地圖，一扇防煙門
常常關起海岸和沙丘、
無人問津的公告、鬧鬼的工廠、
成為羅生門的議案、印成明信片的國體，
軌道及邊境的脊椎。

少年人坐在窗前，讀著〈枯樹賦〉，
剎那間，讀出了錯體的美學，
門以外的世界，像極了大雁紛飛的動物園

那些孤禽向著甚麼地方逃生？
逃到枯樹的體內嗎？少年人寫了多少篇作文
才會以為那是自己的「處境」？
從流行文學的故事線中
他們為「自剔」的侍姬落淚，
為散亂的煙霞「忐忑不安」
當落落磊磊地唸出「你枉披一張人皮」時
少年人笑了，然後
我也笑了。

我為這些飛過大河的孤雁送行
牠們沒帶來戰火的家書，
斜倚著的女子和嫣紅的侍姬，尋尋覓覓
她們讀過很多有關命運的信
他們讀的〈枯樹賦〉
消失了，蝴蝶消失了，

牠們也像是我的遠客一般
為我送行，我走到空房子前，
寫了最後一則評語
牠們站在沒有國家的樹上嘹唳
女子的丈夫成了飛過大河的孤雁，沒有回家
而菊花被打散在
點點滴滴的墨跡之下
少年抹乾了窗前的細雨，
以屬於青春期的唱腔
與女子的憂愁告別

就像七月，南風吹過偏道時
在一場風雨中夜遊
南風也落在
圍欄外的無名花草上
我們像又回到從前

回到南風道
而孤雁只是窗前的某些雲影

2017 08 06

教育旅遊團六章

一、停機坪與蝴蝶

1

所有人都購買了足夠的消毒劑和暖包
談論功效、藥理
飛行力學將世界平行運送到
另一邊。所有人圍在自己的小組
對敏感源和哲學滔滔不絕
舉起相機，也舉起交流團的小旗
拉起橫幅拍紀念照

一隻蝴蝶無法飛越停機坪的落地玻璃
我看見了牠，穿越了前世和今生
終於被一面玻璃阻擋，欺負
所有人的消毒劑
都動了殺生的欲念，都可以
置諸死地

過於理性的人說了
蝴蝶的生命系統及蝴蝶效應
過於理性的人說了
蝴蝶的生死與世界的存亡
牠不能抵達的世界
就像那面玻璃，用飛行力學和物理學都無法解釋
化蝶的故事，不能理解蝴蝶的堅強
不能理解梁祝的幽墳中
有悲歡離合的香味

牠以脆弱的翅膀演繹飛行力學
以自身的無重，浮於混濁的空氣中
就像要撿拾風中的刺繡

如果我在此處遇上了迷失的蝴蝶
必須以一切方法拯救，
面向蒼白的空地，一面高於我的玻璃
它比我強大，它比蝴蝶脆弱
面向彼此，像拯救一個不存在的困局
我顯得無力

2

這是一趟無法出發的旅行，我們聚攏於
黃昏以後的玻璃內，看著飛機
升升降降

登上飛機，收起了交流團的小旗
收起了橫幅，從機艙望出去
停機坪，蝴蝶，
氣流，中央廣播，
我們隔著相等的透明
有各自的旅遊和目的

所有人坐在條狀的機艙
早就放棄了受困的蝴蝶

二、高速鐵路

遠去，那是一間茅屋，
一瞬又遠去了，那是一群
削了頂的山脈，樓房就在那裏

可望見灰色的海，但不久又遠去了

那站得最直的一種樹，遠去後
還是那種苦澀的蒼茫，經過車站與
車站的島，經過地點與地點的鄉野，
連天空也遠去了，我看不見它——
深深的胸襟，只看見它淡淡的灰藍，
遠去是荒草，是蘆葦或蒹葭

炊煙似乎不是真的，故土也不比記憶沃腴
炊煙是必須的，必須筆直如繩墨，
但要想像在大漠焦灼的刀傷上，或者在唐詩
枯瘦的指爪中，李長吉的指爪
李義山的指爪；連大漠也必須想像在
八大山人簡練的鳥骨上。兩個世界

在遠去的速度中背離、取暖、
配襯、遮掩、羞赧，沿線而行，
難再捕捉它緘默的心胸
遠去了零度以下的遼寧故宮
遠去了一隊帝王
筆直的塔體建築，縮進天空
枯瘦的炊煙，來自顯示屏中的廣告

那是一個經過九九八十一難的世界
這是一個面對七七四十九變的時空
我在這道空心的管道中
一身疲憊，正以時速三百公里掠過遠方
又回到遠方，我在這道空心的管道中
進入遠方，始終不能沉沉睡去

這是一程駛進淺景深的快車

來不及停駐便已遠去

三、實驗學校

沒有再看見過蝴蝶和野鷺
反而有蜜蜂和山羊，在園圃中
我們在實驗學校的大樓
參觀或考察，參與實驗或教研
專門研究歷史的鼻音
規範的部件，魚貫的操作
提了黑暗的武器
在實驗室，他們應該都有鮮血斑斑的白袍

我們和特級教師坐在一起
他們也像旅遊團的領隊

以擴音器和我交流
我們和特級教師坐在一起
上一節英語課，和我們坐在一起的
還有整整齊齊的少年
像我在旺角花墟見到的盆栽
耐寒、耐熱，帶有塑膠的韌性

隔著窗外，是千百年前的扶餘
那個被狩獵的滿洲，
雪何時才得融化？南滿鐵路的冰塊
仍在飛轉，風在反抗，
但冰封已然鋪來，光線尚未轉醒
教案上的花朵，卻早已盛開

我們被窗外的陽光曬著
暖氣令我昏頭轉向，我們的影子拉成了

幾何的形狀，我們才是這些少年背後的
幢幢陰影，這間室溫27度的課室中
我們才是跋涉的一群——
怪異的鷺

四、歷史博物館

單聲道的耳機
有普通話，英語和日語
但只有一場戰爭
這是一間把憧憬和狐疑都寫成年輪的房子
立邦油漆的防水塗層上
論述著槍口的數目及
戰鬥機閃亮的鐵皮
滲漏的問題早已解決了

雨無法鏽蝕時代的晴空
戰機早就墜落在
我的夢境，我走進一號展室的遺址
我再走出那片遺址
從二號展室的仿製品上
繼續想像脫色物料下的污跡
未來的敵人似乎也在看
那些遺跡，我也在看
那些脫色物料，那些遺跡
點點滴滴
彷彿血液

如何將一個標本還原為樹
將皇帝的葬儀還原為狂妄，
不也是這樣？皇帝的寢具、假牙
他的男性用品及圓框眼鏡

一一放在我眼前
我彷彿聞到了他的牙周病

我也從奸細的日記中
讀到文學的天地
從他晚年使用的輪椅上
找到指甲的刮痕

從來沒有比博物館更鄙視自己的時候了
他的傳記被書寫
他的監獄在虛偽之中
那是對懲罰的儀式
但還有甚麼新的運動，可以將他釋放？
還有甚麼孤獨的復辟足以令他登上
敵人的戰機，向著時代死命地轟炸
似是爆出一片末世的花卉？

遠處的監獄外
有陰沉的鐵雲，那片天空
曾經落下鐵，落下針
雲總是善變的，不是嗎？雲總是畫架上
虛飾的丹青，我便藉看雲之名
在博物館中重繪一片丹青
一片八大山人的丹青
一卷時代的掛軸

不遠處也有娛樂場和休閒中心
有多姿多彩的生活和
受苦受難的菩薩、寺院
有故土的香味也有移民觀光旅遊團的廣告

從博物館出來
天黑了

敵人又撤退了
皇帝也休假了

五、重讀〈乙卯正月二十日夜記夢〉

圍在一間課室
十幾人正吃著土特產
我讀了多遍〈乙卯正月二十日夜記夢〉
一個四十歲的男子在明月夜
一個二十多歲的女子在短松岡
中間隔著無數課室及桌椅
及公告，及同樣的白牆
此間，十多人舟車勞頓後的疲憊慢慢升溫
十多張桌椅擺開了，
蘇軾仍未成眠，他的心腸

愈涉愈深的時候
我在這間充滿土特產味道的課室
討論一份開放式的教案：

<table>
<tr><th>教學步驟</th><th>時間</th><th>課節內容</th><th>目標</th></tr>
<tr><td>引起動機</td><td>5 分鐘</td><td>寫下梁祝的幽墳，寫下蝴蝶
寫下停機坪的玻璃，寫下禁忌
寫下植物的語言，寫下想像力
寫下實驗學校的顯微鏡，寫下刀或鋸
寫下後九七的婚姻，寫下另外的關係
寫下自身及憂傷，但不能缺少輔導員
寫下他者及超脫，仍要寫下正向的思想</td><td rowspan="2">這間課室和那間課室
都有一樣的冷鋒，
那裏有迴旋樓梯
這裏有松柏，那裏有長廊
可以通往另外的課室
這裏的山丘早已不見
如果能夠離開這間課室，
出入於這個母體
我必須努力想像
想像一個傾訴的對象
我想像了密州的早春
多雨，起霧，露水重重
一一像灼熱的膽汁
在入夜後便翻滾、湧進
然而不能得知
夢裏的真實與課室的距離</td></tr>
<tr><td>發展一：通讀全文</td><td>5 分鐘</td><td>虛擬的月夜，竹柏，松濤
虛擬的中年提早到來
虛擬的喪親，虛擬的婚姻中
有虛擬的親密，拿著沒有 Google
Classroom 的中國製平板電腦
拿著進入母體的眼鏡，
沒有藍色藥丸
沒有紅色藥丸
對著虛擬實境的山丘，我們相顧無言
我們只能傷心地奔向臥室的白牆
展現抒情的技藝</td></tr>
</table>

我走到簷前的窗口
學校的操場，都是倒影
從簷前的窗口又看見蘇軾
一身冷汗，臥在那裏
多少年了，也無法從夢中驚醒
我漸漸侵入 1075 年的一個夢
從那裏我再望見操場的對面——

狹窄就是說一些人的夢乍一看
是一座矮塔，當我踏上台階
無數的台階將塔頂隔開
我將永遠矮於
那座塔

說出「何夜無月？何處無竹柏？」
我如果也能循承天寺夜遊

我們都在同一個夢中
像深涉驚夢的迷路人
遊蕩，參觀，為夢境拍照
留下清醒的證明

我們把理論和教具排開
用平板電腦摹擬了
「明月夜，短松岡」——
月亮高懸
松樹低矮
塔頂下
圍在一間課室
十幾人正吃著土特產

從臥室進入偏廳
我們從來不會驚醒別人的夢

只是使勁地嚼
土特產，使勁地嚼
牙齒默默研磨
直至我們帶有牢不可破的韌性

六、邊境午宴

長長的餐桌上，有雞和魚
還有鮮味的湯和許多醬料
有表演民族歌舞的女子
在燈光下飛旋，從一塊清澈的玻璃上
可以看見外面的江河
草在那裏搖晃，低溫在那裏沉降
她們的故事在江的另一面
這一面，卻像另一面的倒影

在江邊晃晃動動

我們搛起從江上打起的魚
這一片晶瑩剔透的魚肉之中
有苦難嗎？有飢瘦嗎？
我們吃肉時也喝白酒、烈酒
也敬酒，舉起酒杯，
要敬給誰？我們有著與咽喉相通的食道
消化酒肉的層次，我們觥籌交錯
敬給自己？敬給誰？

無盡的話題
圍繞著寒冬的悲涼展開
難以對答的尷尬
一時忘記了
牆上的仕女圖

或跪或站
牆上還有杜甫的〈望嶽〉
難以對答的尷尬
一時忘記了
從鴨綠江望去
新義州一目了然
從餐桌一片狼藉
望見裂隙，只有表演民族歌舞的女子
躲在後面補妝，似笑非笑
只有平靜的江面
有魚隱隱躍出

長長的餐桌上，有雞和魚的骨頭
還有鮮味的湯和許多醬料

晚冬

煙霧在城市上空。
雨下完了
黃昏的瀝青流在牆身上
流到周年晚會後的停車場

光明象徵了季節的美麗和快樂
像一隻燃燒中的蝴蝶
牠們沉默時像到處狩獵的煙囪
等待天空停下

我受這樣的生活所困。
在學校，我亮起了走廊的燈

彷彿黑夜一下子變得更明朗些
因襲和習慣，慢慢管理著煙囱、一些桌椅
——這也是一種悲傷嗎？
它的情緒也在以同樣的方式馳騁？
在微雨中
一朵漂亮的花

涼意。我在教學大樓上行走，
雲在我腳下。我又和城市一起盛放
與自然背離的植物種在課本的秋季
我們依然生活在它的身體
以枯萎的顏色思考
以秋色閱讀一些愛恨

（社會說我們要保持雁形
我們顯然不具備

堅韌的甲冑，拍翅）
（我們用低調的括號表達
飛翔的隱憂：只要有了城市
可以憑藉，只要有了重複的必要
就可以在厚雲下憑藉天空飛翔）

但是我們不再如此
——閱讀，一座孤獨的塔
背負了時代的時代、
沉默的沉默。進入了晚冬
一些人從沉重的建築上過去了
撒謊的人克服了頌詩的力量，都降落在
語言的廣場，（那是詩的表達不是？）
（那是謊言不是？）那只是一段
用 Ricoh 影印機複印的晚冬

是一陣油墨留下的鳴聲。

我們重複說著格式的力量
在建築中夜宴、佈道，因為
重複是一個藝術家
都有與生活統一的色彩
如此獨斷
「像一句被設計過的斷言」
在井然的節奏中旋轉，馳騁

但我們只會用錯別字
和理由，詮釋它的心情

（一些桌椅於是展開了飛行，
它們有它們完整的形式
有它們唯一能夠完成的主題）

2015 12 25

試卷二

普魯斯特也寫追憶
時間也寫水似的流年
風的技藝也寫在流水上
花俏的弧形也寫在多雨的黃昏
又被路燈打濕

如果我們寫歲月是為了寫失去
寫一張先知的臉是為了創作歷史
歪斜的堅執
寫滿了練字簿
在稀薄的時間中我們密密練習
未來的字體，寫關於斜陽的錯體字

一部影印機反複列印列印列印列印列印

老師在作文紙上
寫了多年的罰抄，回應我：

「淬鍊、糾結和矛盾
空氣、土壤
早已成了時代的骸骨」

我坐在巨石上
像夢見一個世紀、一些地方
我批改自己的作文
用淬鍊的紅筆寫下
一個樂園

杉本博司也寫他的海平線，

在一層陰影下，那是儀式。
蒙塔萊會不會也寫下
苦難的塔樓就離開。西西也寫了
新的圍城，我寫了一篇
腔調古怪的論文

普魯斯特把擁有寫成凋謝
把希望寫成綻放。快樂，啊
我們的快樂
早就寫在歷史的身體
我住在巨石內，我在試卷評核中心
流著幸福的虛汗

2017 05 10

龍蜥的旅居生活

越過密集的山丘
在海邊的高速公路飛過
異鄉的高塔卡著異鄉的雲朵
稀疏零散的屋舍壓在
一片島嶼上，像錢幣上
壓著一片
微縮的山河

我學會穿越樓房與窄巷
逆著風，我是一尾不被憂傷啟蒙的龍
斜斜飛過吊橋和大河
用敏感的觸鬚試探

用舌頭，紋上鱗片似的語言
在高壓電塔上吐焰

懸於塔頂，我有邪惡的角
也有邪惡的翅膀
飛過印刷廠、伐木場
我吐出光的哀愁與吝嗇
以磨折分去一點夕陽中的鹽
在游藝與迷宮之間晚餐
品嚐食物中的隱喻

你是怎麼知道的？
吃下敵人的心臟就像他們
也吃著刀具下修飾過的野菜
將食物分給光明
將怪獸交還故事中的堡壘

沿著食物漫遊

他們坐在一起
像恐怖分子一般閱讀一個頭顱
緩緩切下一顆
曾為世界躍動過的心
蘸在醬料上。我說，
他們的敵人永遠無法離開野菜的名色
我如是告訴那些鳥和那些動物
牠們渡河後
也將一無所獲

去一座看不見的山幽遊
教義的牆壁
就像一條長長的鐵鏽
風吹過來，每一抹夜色都與戰爭有關

每一種失落都不會煉成肅斂的風景

在那個傷心的農場
我偷偷養了一隻游禽
我願意與牠一起去善妒的山峰遠遊
去那裏參與激烈的戰鬥，吼叫
打敗虛榮和傲慢
成為被理想收納的戰俘
成為他們豢養在圖書館的怪獸

2016 07 30

針尖和腴辭

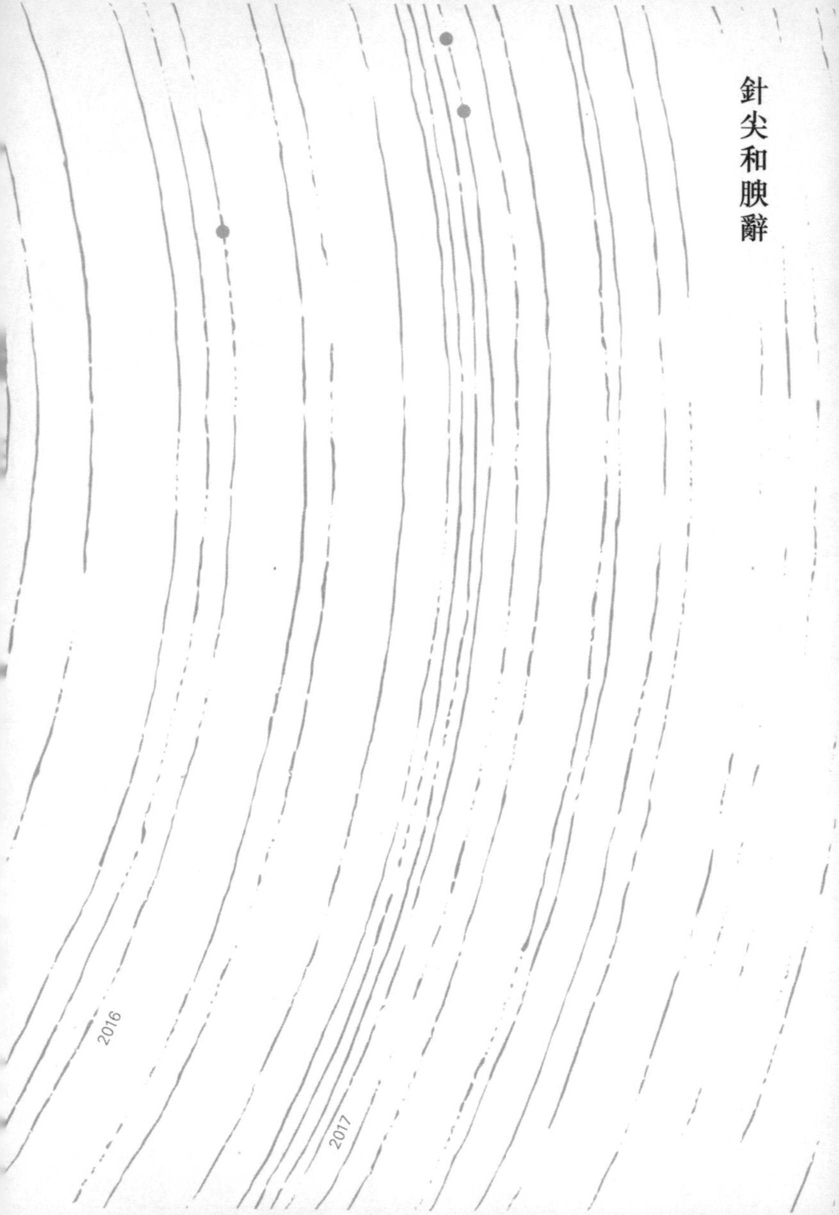

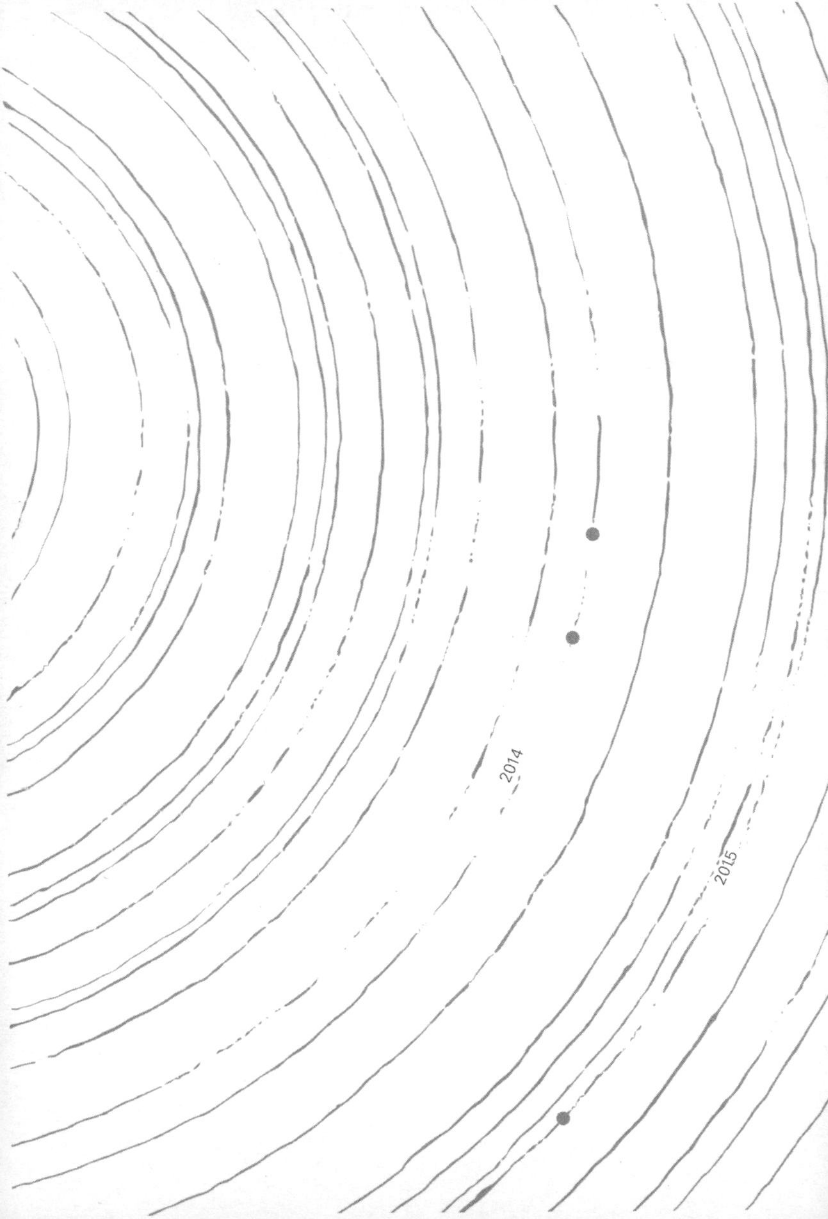
2014
2015

文森特

——觀梵高〈The Sower〉

神學院的泥土中
種著沉鐘和慾望的骸骨
在顏色的海浪下
陽光是戰敗的鯨魚
遠處的樹，是我們。
野雁和低雲盤旋於
生活的另一面，走進陳列室
犁在那裏枯萎
風參與了雕刻

向陽的枯枝，也是我們。
被飢渴曬著
被季節漆成一枚匕首
如果需要捨棄
乾脆捨棄風
它們帶來的傷害早就養成了
消失的習慣
既然忘記不了一點點的燦爛
生與死的摹本
一個撒出去的種子
那個秋天這麼不整齊
站在靜物的角度
永遠這麼沉默
而站在沉默的角度
我們是錯誤的。

2016 03 12

李賀

用善惡和譫語分開湖水
枯枝上是飢渴的月色
我們被書本隔在森森的
湖水兩岸（新細明體的兩岸
仿宋體的兩岸）
當夜晚已鑽得過於深入時
胃疼使我吐出了整座無法消化的城市
當你以寒磣的指爪
刻下〈雁門太守行〉的雲
還有棄世違俗的許多猛獸
你在寒風中咳出一串
細瘦不一的平仄，而你的側影

早已沉入湖中。我想我是難過的
哦，我想
我依然沉溺在難過之中
不因為你的咳嗽，或一面不詩意的霧霾
不因為這場人生的秕政拒絕辯論
我無法捫心閱讀
時間的孤墳——那也是
我的孤墳，或者掩耳不聽
嗾犬狺狺之聲，你只說：
「公無出門，公無出門」[1]
這是我們之間永遠分裂的邊境
以湖水的波漾為界，拉起充電的鋼絲圍網
以元和八年的月色為碑（長吉體的斷碑
瘦金體的斷碑）
刻下，入夜
翻滾的胃酸終於突破堤防

一段瀰漫著過期罐頭味道的墓誌銘
鑽進歷史嶙峋的斷骨
我在城市的幽壙中輾轉
反側，像你

---

1 李賀所作樂府詩〈公無出門〉。

2017 01 30

尾鰭

——並致特朗斯特羅默

回來，如通過一段荊棘的陽光
我讀不進黑色鋼琴上
懸浮的快板。那些自由的石頭。
這些日子，特朗斯特羅默一般會靜靜地和我一起
觀賞巨石旋轉的演奏。我又像一再讀著
一個斑駁的塞音，困頓，然後繼續前行
通向旅程離開的部分。可是
所有的不辭而別都是絲絲入扣的
返回是如此勉為其難

（他們說，要如何去形容
一個多雨的邊城？它的排水系統？一塊島嶼？
要怎麼去突出與我們已然錯身而過的時代？
逃離或返回，是一首乾涸的求雨歌；飛機已經
被孤獨的星屑擊落，通過仰望不到的角度
麥田上，盡是熟透的黑土）我們驚愕於重複的結構
而那些宿命的旅程也常常是
不了了之的，當它在返回的時候
就已經關掉了它的聲部、一些訊號和那些介於
遺失與遇見之間，
熟悉的錯覺：

我們曾經坐在舊城吹風
吸菸那樣品嚐著已不屬於歷史的
筑色的伴奏。（他們還說荒林的夜霧
吸收了巨大的月光，半空中閃爍著

履歷表式的排列，對齊、
靠右對齊）用一個大括弧，

用一半時間，為曲尺一般的生活
完成某些補遺；用一段旅程
重建那些普普通通的遺棄：像森林裏
一隻被距離修飾的動物，用一種眼光探囊取物
被傷害想像和裝裱的動物落在
最不安全的尾鰭，升調而後
降調——

好像我們製造了一個
並不存在的公敵，參與了不無悖逆的哲理好像
所有博物館裏的標本和紋飾
返祖的城市和躍進的信念
都帶著自相矛盾的循環芻議

在一個多雨的邊城，永遠不像那些文學的風雨
有讀不完的歧義：海港和峽灣、
飛行器的天空、宅院的
深門、陽光淺掉以後的灰度——
都有著一樣的結果。我們通過筑色的話語
交換近況，在各自的語境中旅居
提到了一切勉為其難：

「只是為了和過去一樣（以飛行的方式
抵達一座舊日的高山。低飛使天空撤退）
我們就像為了那一點連接
接受了大多代表著犧牲的時代意義
以及所有不完整的後遺」不是嗎？

不是能通過低飛擊落
遙遠生活的仰望嗎？

我坐在教育學院環形的地下室
交誼廳裏蔓延著極光那樣的斑斕
黃昏呈現出與鐵皮一致的鏗鏘
一個帶刺針的颱風，刮掉了玻璃外面一片墨綠
介於電話線兩端的颱風再也讀不出

特朗斯特羅默鋼琴上面的懸崖，我讀不出傘骨上
瘦弱的直線：我們在雜亂的跳音中碰擊、散落。
雨點彈劾著沉默如琴鍵彈劾著那些
逶迤的指尖

2014 07 22

奇斯洛夫斯基[1]

1

那個晚上，月亮是個折曲的衣架
顯得如此陳舊。我帶來了必要的讀物
如同從舊地折返，透過夜深的顏色見到了
起伏的飛翔，或者那是
梵·德·布登梅爾[2]的大合奏
（或者只是一些以翅膀象形的風）
而你的站台卻背著月亮
一點風也沒有。

你將一本印刷粗糙的集子

放進皮箱最裏面的位置
那就是奇斯洛夫斯基的訪談。剩餘的
是阿司匹林。還有撕掉一半的車票。
還有那些終將被旅程消耗掉的禦寒衣物
此刻正捲成一團。你也像我一樣
深信著一些電影的謊言，且與生活並行不悖。
2006年，一張唱片[3]，一直唱完了一些
象徵困惑的菸味，才在偏灰的畫面上
升起一半藍色的天。我跟著伊蓮．雅各[4]
（齊畢尼夫．普列斯納[5]的笛音升起）
透過濾光鏡，一直上升，陽光顯得耀眼
你顯得有些灰白。早上。軟木桌子
仍殘留著重疊的茶漬（早餐是放冷了的菜盤，
一碗扁豆和澀味的茶）在一個陰雨的早上
伊蓮．雅各的生死成了討論的焦點
但那也不一定是伊蓮．雅各所能明白的

如果是在華沙——
那個我並沒有去過的地方；又或者
我終於抵達倒置的荒原，遁星光而去
見到鷹飛過裂谷的邊緣（好幾次，
我根本沒有勇氣進入稀薄的國境
好幾次我都像進入了錄影帶的語境）
帶著無知，閱讀前人的經驗
共同書寫與自由相反的低旋
乘著風，在一個更遠的地方
（在西藏。出發的第三天。我在西藏見到了
日出撕裂了所有對想像的描述）
我總是無法忘掉那些旋繞的風
鑽頭一樣的風。看到夜晚的灰度漸淡
循星光而行——月亮卻依然保持著
陳舊的曲度

2

但如果那不是奇斯洛夫斯基的華沙
當巨型綜合大樓[6]聚集了
一座內心的城堡，
形形色色的人物，走進了情感、
走進了身體，走進了動物本能的對照：
一座同樣的公共屋邨，一些流浪動物般的人
一副城市嶙峋的心電圖。形同《規訓與
懲罰》裏說的那種「龐大統一的監獄機器」
——我們從不完美，但卻無比龐大
依靠著精緻的關聯生存
許多難以理解的偶然
我們必然早已順從，但仍不習慣
仍然會在某個拖得太長的下午只一個人
不和任何人談起沉默的理由

（他們說著空曠的藏語就像
那些從巨型綜合大樓下來的人說著
昨晚翻飛的雪花，對室的燈火，危險的關係）
在電影節的牆上，那個我並沒有去過的地方
劃出一半宿命和一半悲觀
一場雨便能製造足夠的驚擾
一張巨大的海報覆蓋著牆上的裂紋
從陳舊的部分開始敘述
像切換了語調的詠嘆，在背誦旗幟上
憂鬱的灰藍，而詠嘆
總是那麼透徹，而我們僅僅可以
在透徹的敘述中繼續閱讀、
思考、發呆：

在公共空間，一些場景
久已走不出重複的孤獨：（當我在寺院的蔭室裏

和那些走不出畫像邊陲的童僧
交換手機上的光——）像陳述句上
整齊的藍色光塊，能穿透自由的禁忌
完成了另外的對照：一些場景必須是沒有立場的
在無助的時候必須缺席。它們是屬於我的
我們就像站在彼此的懸崖上
對望。（——以一些明亮的白光
對望）沒有人願意抽菸的時候
便開始談論幸福，但一直不拖欠過去和承諾
雨天也是，不拖欠睡墊和潔具上的缺口
連孤獨也是。（一間肉店外的犛牛肋骨，
一間雕刻偶像的唐卡作坊，一間休閒服專賣店
以及許多的人）在我們用來懺悔的美術課上
練習用光和暗部，使用刀法和攝影術
或泳術，或忍術，倒敘當初的菸味
將聲音命名為一層銀白的灰光

（或手機上映照的一些世俗的辯證）
一個遙遠的站台隔著玻璃
你像窗外一壁厚度均勻的海拔
也是透徹的。

想像一門穿透塵埃的藝術
我像在薄冰似的國境繞了一圈
下午三四點的陽光，是荒涼的
是不可理喻的，露出了欠缺劇情的孤獨。
運用僅有的時間為旅程修辭
但，如果以鞋帶繫緊舊物，以望遠鏡
探討內心緘默的比例（在一間偌大的寺院裏
運用生命的長度屈曲它。）
在景外，如果動物屬於流浪的政治
寧靜屬於宣言而演奏會
等同於風中的雨景——那些亡命的演員

追趕著車站上一個月亮；
那些綜合大樓上的流浪動物
都在景內入睡，像趕赴一場遺失的盛宴

你如果那時候也在一個象徵生死的演奏會上哭泣
（齊畢尼夫・普列斯納的高音聲部湧進
沒有人知道我因此哭泣）
你繼而無聲。靜止。如同河道內斂的容量。
如同一個無法完成的生命旅程
在無星的夜晚終止

2014 04 17

1 奇斯洛夫斯基（Krzysztof Kieślowski, 1941–1996）：波蘭導演，代表作為《十誡》、《藍白紅三部曲》及《兩生花》。

2 梵・德・布登梅爾（Van den Budenmayer）：齊畢尼夫・普列斯納虛構的一位荷蘭音樂家。

3 唱片：《兩生花》（La Double Vie de Veronique）電影配樂唱片。

4 伊蓮・雅各（Irène Jacob, 1966–）：瑞士女演員，在《兩生花》和《紅》中分別飾演唱詩班女高音和廣告模特兒。

5 齊畢尼夫・普列斯納（Zbigniew Preisner, 1955–）：與奇斯洛夫斯基合作無間的配樂師，尤其在《兩生花》中表現極致。

6 巨型綜合大樓：《十誡》所有故事的共同場景。

附錄：

這首詩十分矚目。它在試驗電影經驗的詩性書寫，但我並不認為這首詩可視之為影評詩，或電影「搬寫」重構。因為詩人把奇斯洛夫斯基的電影語言、美學視野、影像呈現，運用熟練而堅實的語言融合，豐富展現知性境界中的人性和藝術的詰問。

試從三種背景來讀這首詩：

第一：沒有奇斯洛夫斯基閱讀背景的讀者，「奇」是開展詩中與我對話的他者，這他者在相對香港生活較陌生的場景，但愈讀下去，又發現其實是我進入「奇」的世界，他者也是我者，這些場景「必須是沒有立場的」，又「屬於我的」。「我們」彼此對望的畫面，又足以讓讀者再三琢磨。「如果以鞋帶繫緊舊物，以望遠鏡探討內心緘默的比例」，場景拉開，意象群不必在電影認知的基礎下而延展開來而有所呼應，每一回閱讀，都驚異地有嶄新的發現。

第二：對於十分熟悉奇斯洛夫斯基的讀者，在開端第一節已迫近他的影像作品的氛圍和氣質，抒情及明淨的語言帶有「奇」電影中的克制內斂。照理讀者不可能沒有發現幾齣大片「藍白紅」、「兩生花」、「十誡」的影像和人物的交接融合所產生的陌生感。同時讀者也馬上給「我」否定質疑的說法，例如「我根本沒有勇氣進入稀薄的國境」、「那個我並沒有去過的地方」，拉回主題的敘述中迷惑，境界豁然劃破原點的風味，似另有所指。

第三：最常見的讀者，對奇斯洛夫斯基所知不多，卻能感應當中部分意象與影像的相涉。不受個人對「奇」喜好的干擾，更有空間理解詩人借「影」生情，處理觀看所必然包含的誤區、所蘊含的觀照。技巧不算生澀也不造作。

我不完全認為這單純是源自其他非文字媒體的藝術形式的再創造的詩句，而是跨藝術媒體詩類型的開拓。我也不同意因此認為這類詩缺乏本地特色。近年藝術跨界實現繁多，是香港藝文回應時代的創意手段，有其時代代表性和前沿性。而且這類型的創作不見得有很多人嘗試而成功。

2014 年中文文學創作獎評語

吳美筠博士

烏賊骨

它默然的時候
甚麼東西也不能將之毀滅
要是從此只能在裂開的一邊生活下去
便許下誓願
寧願這是一個不太堅硬的外殼
不能將之攻破的是煙霾
其次是山水中的廣告，墳塚上的天堂
不能將之劃以億萬年的語言
說成是乾涸的畫，那不是。
我拿著它，甚至服下它，你疑惑
彷彿將在肚腸之間
寫下燈的灰燼，吐出滾燙的墨或血

以及循環不息的默默無言
然而超脫於一切的
依然是它的眇默
它略高於此刻
這片不能治癒的寧靜

2017 01 11

特朗斯特羅默的琴

——在浸大圖書館讀特朗斯特羅默

午後，畫成斜線的天空
延伸到書頁上
一塊含煙的遠山駛入，針尖和腴辭落下
沉默修改了語言。我寫了很長一段
母語的煤煙：

以風，月亮，橋，以婉約的中文
修改了無邊界的北歐之陽；
以荒謬的月光，延伸到朦朧詩中的房屋、
舊軌，一塊沉於英泥之下的空地

停著玻璃造的鋼琴廠。

我抓緊欄杆，
五個字符的詩開始彈奏——
切削著玻璃屋，我抓緊書的褶邊
午後，巨輪般轉動的太陽需要迫降
燒著了浸大的樹和屋頂
一直向夢見的課室或游泳池蔓延
有人睡在自己的夢裏，過了漫長的一天
琴音大作，環形地下室
被冷氣封鎖，世界變成了另一種方言
光變成了彈簧。我跟植物說：

生活是一段不幸的婚姻。
玻璃是悖論。兩個毫不相關的世界
就這樣，被覆於

圖書館的內外，外面：
一群野禽堅持到黑暗最後
像美麗的殘渣，像失語的錨從天空拋下
像一支輓歌，那是我想像的一支歌。
熱浪正在那邊滾動，太陽重新吐出
大地的疤痕，書頁上的單行
疏而不漏，它們準備起飛
而石頭落下，詞語遠赴一場宴饗

特朗斯特羅默就坐在禮拜堂
鋼琴，左手，一頁的一頁的
鶫鳥／黑鸝／雲雀／松雞／鷹鷲／
或其他鳴禽
拍翅而起，對野蠻採取密集的進攻
置身於這個忘了所處的時代
詩選中，社會、人際與群鳥一起

穿越了密林中的暴雨
與飛揚的琴鍵一樣
也與被慾望擊沉的巨艦一樣
到森林的暗室降落。群鳥完成了豪壯的掃描
停在書架上，在詩的間距之間
被逾期罰款的郵戳所傷
一個破音
砸在翅膀上

我跟植物說：
以慾望為營養的城市風景
那是一個佈滿巨石的國家
這是海，那是生活改寫不了的庸常
是特朗斯特羅默戛然而止的
降C大調，是游走的快板——
這是一張繚亂的曲線圖

當我回到特定的悲觀，那卻是
纖細的雨，遠處的房子，含煙的遠山
受難的一臺縫紉機
一架強大的噴射引擎
一段暗流，還必須要有一個隊列
像一個風箏，一行月光
藏在單行本上，一把火燒盡嚴肅的分界
更像保守的極簡主義
只有一個火車站，一面牆
夜幕的基調在牆上，像一支不銹鋼的管弦樂隊
我把一則短訊寫成時間的城垛
發射到月球，一句域外之詩
一架飛船。當書缺頁以後
我無法返回這些距離的錯失
懸崖，成了一個與我無關的國家
一些東西於是失去；我進入這個國家

一些寧靜回來
失去的東西，都是必須放棄的一些舊物
音樂響起，陽光是憂傷的
那是海不能治癒的語言障礙

但特朗斯特羅默的琴並沒有回來
正以燃燒的速度
掉下懸崖
擲於波光粼粼的水邊
落入歷史的湖底
像激進與反動的盔甲

2015 06 15

如果內心強大得可以歌頌恐懼和寂寞

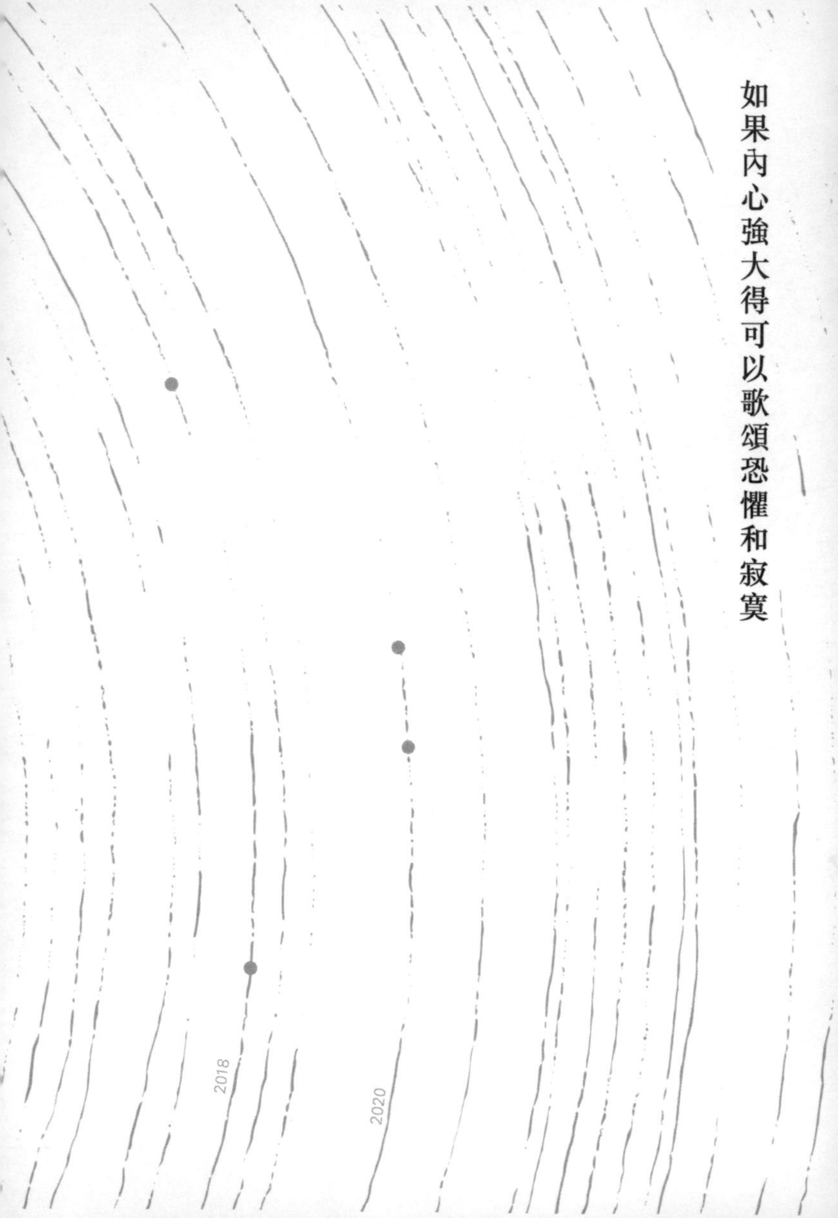

2014
2015

反犬旁

寂寞恰如其分地降落
這是南方的冬天。
大地和原野藏於生活的百獸圖
那是裱在牆上的風情畫
天終於黑了。電視的沉默突然修飾了我們
字幕成了一些改變不了的雨線
與幽幽的天空對抗著。
此刻，坐著。
已經過了三點。薄霧之中
我們閱讀不曾被理解過的名著
我們閱讀仇恨的《呼嘯山莊》
以希思克利夫的圓匙，以餐刀的語言

分割一些仿如食物的國土、
市區、園圃。和填海帶。
我們吃掉以動物脂肪精製的《食物
與文化之謎》，剩下的麪
我們都吃掉，喝複雜的湯

此刻，午間新聞正在轉述總統的咳嗽
我們的總統正坐在禮賓府的沙發上
與他的先賢們一起
進食過期的誓言，我們進食他的口氣、
胃病、躁鬱，然後閱讀名著。
我們終於知道
這個世代的秘密是無法論證的
從海洋出土的整片山河
寫著政念相左的書體
此刻，哀而不傷的城市美學

像異軍突起的腫瘤
這些浪漫主義的腫瘤
是深陷在復仇和榮辱之中的
——啊。復仇和榮辱

茶餐。在一頭長了絕望腫瘤的豬身上
我也開始吃牠——
精緻的血管，這些管道裏
曾經流著因復仇和榮辱而沸騰的血
因此我起了敬意，我也開始吃牠的舌頭
先破壞分開的舌尖（那個不再敏感的部位
不能再游走於語言的歧義、撒謊的藝術
牠被剝奪反對的權利，已在熱湯中
熟透了）用臼齒，
用晶瑩剔透的琺瑯質破壞
像咀嚼著那篇悲觀的

《呼嘯山莊》一樣
咬破了——牠的耳骨、
頸項（牠的皮下脂肪一點
一點溶在湯水上閃亮著
也是晶瑩剔透的）
然後吮掉大腿骨的髓——
那曾因絕望而肥沃的髓——
那曾因腫瘤而變甜的髓。
我們吃下沉睡的豬

我們不像中產階層般
吃很少就飽，依然將動物脂肪吞下
把廉價的這些湯渣吃掉
糖尿病的午休，抑鬱症的午休
這座城，因而璀璨萬分
燈火燦爛。咖啡和可樂

這些城市的胰島素
治療不了電視的庸庸
治療不了我們一代人無法解決的口渴。
拿起圓匙

從百獸圖的反光玻璃中
我們對調了位置，照見了圖中的生態：
當一群鳥失望得夠了
就會飛走，飛成一片清瘦的絕句
飛成《呼嘯山莊》狂飆的風
變成希思克利夫的亂髮
我們看見被煮成蛋白質的鶴
與雁，牠們再也不是薄霧中的風景
牠們浸在高鈉的汩汩之中
伸長了眺望的脖子，飛進了食道的山河
飛出了那張過份擁擠的百獸圖，

停在我們的刀具上。
而我們被薄霧修飾、分開，
已縮為氣味的薄霧
被廚房的工業用抽油煙機排走
時間是贗品？
時間是一些消化道的食物？
我們吃下雁的翅膀
吃下兩袖清風的鶴，吃下懷孕的魚
此刻我多麼希望把所有東西都加上反犬旁
反犬旁的茶餐廳
反犬旁的中產階層
反犬旁的這些被光影響的影像。
窗外面，雨淋著滾燙的瀝青
和孤獨的大廈。我們，對坐
閱讀希思克利夫的咆哮，咳嗽。
這時電視開始轉播總統病逝的音樂——

樂聲中，我依然能聞到他身上璀璨萬分的真菌。
切開厚忌廉下
螺旋形的通心粉，就像切開他的胃病
切開像意大利麵的幽門螺旋菌
（我們揀起意大利麵）
我們揀起野菌，在樂聲中
吃下這些年輕的植物。
（消化道中的鶴與雁在啄食提前出現的憂愁）
總統在唱驪歌。這種幸福時光，
多麼像一則轉瞬即逝的廣告

我們也是電視裏
即食的一分鐘廣告
——正因為這慵懶的一分鐘
我多麼希望可以從玻璃進入湖水
從樓宇和巨廈之間，登上一片絕嶺

在一片無畀的星空下
和孤獨的大廈一起飛翔、和鶴與雁
比賽，和名著中的宴席排開，
和枯榮於寂寞的腫瘤
展開浪漫主義的對話，和電視中的烹飪家一起癡肥
我們也是鋪在碟子上的雜菜、肉瘤
總統的狐臭、他的牙齦炎和股癬
浸在濃縮的肉汁之中
（浸在薄霧的湖畔
浸在美國輝瑞公司的藥水裏）
浸在酒精的奠儀下
——「天終於黑了」總統說。

烏雲終於黑了
——這片我們衝不出去的灰林
像一個遙遠的地方

彷彿從此就是盡頭
從此就是結論
這片淡而無味的薄霧
我們以為是歧義的風景
我們一直以為坐在狹小的餐廳卡座便能起飛
像百獸圖中滅絕的生物拍翅而起
海安咖啡。金都。美都。
從來都不是。龍鳳茶樓。中國冰室。
金鳳。從來都不是。半碗如膠似漆的湯
從此就是解毒劑
在解毒劑複雜的因果裏
我們喝湯，閱讀。
我們開始了一場關於食物的運動
品嚐到食物中的政治
當中的一種茫茫然——
陶醉。在總統的歌聲中

與他一起
禁不住要擁抱、親吻他的皮膚病
流下高糖高鈉的淚

2017 05 01

呼吸／節奏

早上。我不斷給枯花澆水的時候
電視上的畫面就已經黑了
聲音從高空跌下來
葉面上的塵
沿著弱水而下
陽光世襲了先輩的情感而上

那是一份白色的報告書
詮釋著一些缺失的舊事
我記得在一間失去名字的博物館裏
牆壁上釘著許多不存在的名字
它們像藝術史一樣詮釋空氣

像空氣一樣詮釋歷史
也像歷史一樣詮釋和製造
全面管治的權術
多麼想，多麼想了解更多
他們的歷史
對一座孤島，我們就像對著
一株比昨天更遙遠的枯花
在昨天之前的日子
早上。我以世襲的常識理解
一株花的生命之旅
以一些生命的象徵
加諸某種離地的練習

早上我不斷給枯花澆水的時候電視上的畫面就已經黑了
聲音從高空跌下來葉面上的塵沿著弱水而下
陽光世襲了先輩的情感而上：

桌子上的剩菜
已經不能吃了
一鍋無味的白粥已經放涼
最常見的是永遠不能治癒的小感冒
無從判斷，身體如何找到
對安寧的超譯，如何理解一桌子的不安全感
我攤開政府公告像攤開
一則訃文，有整齊的格式
以契訶夫的短篇
重寫一頓早餐的格局
用了不多於兩天的時間
完成有關呼吸和節奏的斷句：

早上。
我不斷。給枯花。澆水
的時候。

電視上的畫面。
就已經黑了。聲音。從高空跌
下來。葉面上的塵。沿著弱水
而下。陽光。世襲了
先輩的情感。而上

2014 06 14

另一座歷史博物館

統治著國土與鐮刀的
一座小墓園中，烈士的骸骨
已經圓渾如鵝卵

漫長的古廟長廊外
杉樹長成了一種妖嬈，那些著名照片陳列於牆壁上
佈滿妖嬈的倒影，紛紛示現著
紀傳體的毀譽忠奸，是非曲直
大臣是一排弧度適中的肋骨
在史書的體例中，他們被安排站在倒影下曝曬
世情以枘鑿的形狀
成為重複的書體

發炎的辭章像病菌一樣
蓋下一個沉默的火印
從此我們以邊為界線，以國為家祠
以遺缺為一種世情
讀完一排消瘦的杉樹
接近一無所獲

歷史的歪理變成了
某種右派，在某種增速的機器下
我們要不就沉迷到
《刺客列傳》之中，將皇帝刺殺
那些即將錄入《貳臣錄》、
《逆臣傳》的人們
跪在攝影機前參拜時代的綵排
我們站著圍觀
彷彿我們也是示眾

不必給生命放哨，為疾病
建造一座摩天高塔，養一隻強壯的唐犬
守著一點堅貞，不用撒謊
時間的條約簽下後
驕橫好比我們的仁義與骷髏

從這裏開始剝離，為底線編年
編之不盡的枘鑿
和宴遊、包袱有關
也與疾患、期勉有關
我又走了一圈，
回到沒有刪減和選擇的長廊
突然我想看一看
那些慢慢就生病了的皇帝
在動亂的時代，他們是怎麼患上暴食症的？

那些照片一一以劇場作表示，而人人不語
那些壞天氣以琴瑟作表示，
哀愁因而熠熠生輝。

2018 02 04

記憶論

與一系列幽閉的王朝對談
巨人與巨人
躺在論文結語的部分，攜帶武器
修飾加在他們身上的標點
那些重複的建築圍繞著酒宴、
政局，肚腸和胸襟
總是座無虛席。枯萎的月光在紫禁城
和永樂十八年一樣艱深
朱棣或者他的同行們站在一起
討論一幀成為歷史現場的照片
還有一些缺德的韻腳。
他們豪氣干雲：

「鷹擊長空，魚翔淺底，
萬類霜天競自由」成了文學虧空
徵引黃燦然的詩——
「站在黎明的碼頭，我是黑夜的孤獨者」
他們可會感到孤獨？
有些天空折損了一半，對著悠久而沉寂的佈局
久病的國家，完整的雨，原野
一半殘缺，有些天空永久缺席
不能再收復回來，一半怨恨失去規劃
借那些生鏽的金屬，在藻井下
敲擊，叮嚀，樂聲衝出金鑾殿
我必須變成焰火，成為熱能
借他們的言辭和寓意，借一些劊子手
借狼與豺的野性，
借一個局外人，借一枚勳章，
戰地醫院，一扇暗門，借一個朝代

唯一的情節，讓早晨得以鑿開
無法消化歧義的夜宴。

朦朧中，有時帶著抵達悲劇的看法
以藝術完成人性的旋律，步行在原野上
完成暴政的雕刻，在沒有故鄉的時代
刻下他們的鬍髭、惶惑
譫妄，他們了然於胸的演藝、術數。
像我這樣，決不相信占星術
但忌憚於鬥獸棋，在政治的墓地
討論自由的方向
我不在乎於雷鳴的迷宮
被貶為光的斜線，或記憶的賤民；
進士們和文化部長都曾跪在
風暴中背誦「關河冷落，殘照當樓」
炮火在他們耳邊轟轟烈烈

他們以一生練習碑帖的工藝
和綿長的歷史一起臨摹
狂草的墓誌銘，臨摹坦克的履帶、甲冑、社論和
一句「痛心疾首」。他們展開了戰爭
寫下律句、誥授世代的陰鬱
建造屬於理想的一席之地
——燈已經關掉了，滿是警笛
大雨剃鬚刀片一般
刨削仇恨的枯枝，走進更深的論述
不回去破損的現場，我與他們視線一致
舉起大砍刀，未來的人從酒店窗口舉起
照相機，巨人與巨人舉起武器
矛盾的未來就隱藏在硝煙之外。

我告訴站在時代街頭的詩人
大雨中，稻草佔據了《詩經》的河岸

那些從揚之水、澤之陂
開始逃亡的遺民與關睢一起
飛過了重複的丘洲、城樓，飛過了
高速公路、釘子戶和廢墟的博物館
在紫禁城的黑夜停留，在那裏
記憶就是懺悔，沉默是恐懼
不被紀念的灰色合唱團拉開麥克風
基於愛和自由，他們浸泡在歷史的廢料中
拉開白幔，以外國的語文，寫下窈窕月色
寫下煙霧中一場沒有論據的戰爭
他們稱之為「戰爭」，稱之為
寓言故事的訃聞——但他們只是
論文中一塊範例，文學裏一塊城禁
基於恐懼，劊子手找到面對自己的方法
群眾步行在碑林與月光之間
對著這些幽閉的王朝

一系列渴睡症患者仍留在早已化為沙礫的時代
他們的偏頭痛形成一個新的政權
建立了重金屬的國家、旗幟和主義
像一片沒有身體的家族
回到流亡的地理，但風又把他們
分開、吹散。為此，
我不和他們在違反生活的困境中交涉，
也不在變成存證的夢境
住在故宮中的居民、跪在宗廟內的國君
掛在祭壇的笑容
他們困在痛症之中，困在
合韻的賦格裏，被黑夜消滅
被巨人和巨人的後代
反複吟唱，被廣場裱褙
在遊客的落日裏

2015 05 29

春秋

難以令人平靜的，是葉子
它的格式，擺脫不了
季節的齁聲，樹，以獨特的風格
複製著秋色的形容詞
這是無所可用的一片蕭條
當我們無言以對了
這一切必須由葉子負責
在燈火通明的城市
我早早就入睡了
並開始佔有了它的語境
在傲慢的枝椏上，此刻，於日曆上的山脈
我們也像鑑賞家那樣

容易在遠行之中迷失
於偉大朝代的一個泡沫中，好好入睡
讀出了生命中一些
不可更換的外殼

那隻孤鳥，在瓷器的山水中
終究沒有離題，牠一生的旅程浪費在
別人的愛情中，等在枝椏上
紛飛的一段枯黃，不能迅速飛離
牠沒有在牡丹亭下躲雨
看看十六世紀委婉的風暴
我也以為那是說不清楚的一個故事
一個不可抗拒的整體
匆匆忙忙地包圍著
夢中的山林、火災
默認離奇的遺產案，城市，

城市，彼此之間不能救活
以後的寧靜

在這個需要植物的人生
每一天都是不可救活的
每一種修剪都是充滿敵意的
教科書一般的幻燈片
令人暈眩的致幻劑印成
衝動的急救手冊。每一天，
我們都在公共建築深沉的錄影帶中
潛泳，閱讀人生的攻略
在廟宇或者病院寫下
「樹是我的春天
而葉子則是我的秋天」這樣的密碼
收集美好的定義，去很多沒有意義的旅行
一座傷心的家舍像一所

疾病製造廠，那些春秋多義的一面
我總是跟不上

這是一個找不到目的的時代
我在滿目瘡痍的購物區
挑選晚餐的主題，在素食和
愧疚中，經驗無所可用
在遺棄和拯救之間
我寧願反身為之
孤獨的協議是印在鈔票上的畫像
如果拈著這些注定碎開的枯葉
就是繳付困境的罰款
如果內心強大得
可以歌頌恐懼和寂寞

2018 10 09

乘電車到金鐘

電車駛過了海岸線
過菲林明道，到修頓遊樂場
三十年代的海岸以高士威道為止
停在沉默的湧浪上

今天沒有劇團來表演
駛入歷史的馬路
璀璨、繁華
在五輪真弓演唱會的海報上
貼有鮮艷奪目的便箋
以粉筆字寫在灰牆上的
是誓約，是期許

文藝片中疏落的晚間茶座
話劇團改編的風情畫
和縮在牆縫裏的唱片店
轉角便不見了

一代人到了後來會變成
他們的城市——一些不完整的地貌
像摩理臣山無法削平的麻石
像一間房子
藏著秘密的沉箱

電車駛過了城市幽暗的時差
我像歌詞裏一條狹窄的街
延伸到海岸

一個城市要下雨的時候

矛盾便發生了
傘尖對著天空
雲在頭頂上
餘下一年的靜默壓在身上
天氣不與我談論的事
就像悲傷的政局
市政大廈只告訴我五點過後
黃昏是一段廉價的印刷品
生活會在窗景外逾期

巨廈與巨廈之間連接著
竊竊的曖昧
年老白人和菲律賓女子的曖昧
在灣仔酒吧
大都市，過雲雨，傘尖
孕育著生活的色譜

有人在泥石創造的家園裏
寫作和處理債務
也有人在望不到的巨廈窗內
掃地和低泣，運用圖書館的分類學
為賸餘的舊漬歸類

（那幾百呎的孤島上
母親也在廚房燉梨

那個梨子幾乎完全滲入了
沒有旁白的空氣
獨獨帶一點親密的微酸
排演生活的靜穆
和安逸的氣氛）

已經變成垃圾的燈飾照亮了

狹窄的街，我像歌詞裏一把
殘之火，電車早已駛過了
七十年代的海岸
戀人們乘著光的翅膀交換
愈來愈舊的寂靜
電車，沉默，無言
我們說不出沉默的同義詞

巨型廣告依然展示著
璀璨、繁華
我們一個時代的委屈
成了它的襯托
兩三個路人漸漸走進
城市的暗部，夜色瘦得就像一個
飢餓的模特兒
在多病的動物園

透過遠高於愛的夜空
高峰和低潮所仰望的
都不過是一點無名的黑色

在望不到煙囪的城市
雨像泥濘打著雨

（母親清洗著窗玻璃上的舊漬
我咬到了苦澀的梨核）

在重複的夜空下我們是
一根一根突起的琴鍵
對著快速的風景
盤旋

2015 01 25

再乘電車到金鐘

後面的世界
有城市正在清拆
有街道正在晾曬
反光的物件
有市政大廈的燈飾關掉了
等待把黑夜燒光
有選舉廣告的標語
在作誓，我們伸手
在窗外，風帶走了熱氣

一架起重機壓掉另一架
另一座大廈填充了另一個地方

我們穿過其中
在另外的街角徘徊

走進一座城市自身的困苦
在它的版圖流浪
熱情降溫，我歸咎於自己嗎？
希望在升溫，節慶的火焰有甚麼紀念？

我昂起頭，形形色色的店舖
像一個個關鍵詞
行人低著頭
低得像黑暗歌劇裏的無名演奏隊
我從倒後鏡中
乘車，離開
進入另一個杜撰出來的城市
那裏有高樓可以參天

有大樹可以遮掩塵垢
它也有它的低潮
它也有它的劣跡
我須得一人
默默前進，後面的世界
在沉悶的路軌外縮小
許多人在紀念光明中的幸福
我須得自己不斷重返
安穩的家，它時而後退、不斷縮小
時而出現在反光玻璃的倒影上

有煙霧散於風中
有現場直播的第一身錄製了
後面一座弔詭的城市
乾涸的斑馬線外：
一條不能出海的船。

困身於複雜的街道
後面的世界急劇倒後
站在甲板上的人
踮起腳尖，想像大海推著風景遠去
我在沉船般的車上
敵不過想像力
敵不過抽象
我在沉船般的車上經歷了塌陷
像從岬角的尖端向下沉的船

後面的世界
浸入大海
在海的最深，被波浪攪拌著、消化著
一點一點分解著
車站是獨立的，軀殼不是
軀殼是一則委婉語

原則不是，以為它一乾二淨
而它不是，是一種淡淡的詠嘆
在嫌隙之間拉鋸，在煙霧瀰漫中
呢呢喃喃來來回回

變焦

1

那些人和我一樣，帶著困境練習
練習逃匿，去一個更遠的地方
逃到另一個境地，活出另一種焦慮
今天開始就逃到電線中
逃到光纖裏，逃到沒有海的廣場
逃到沒有城市的街道
打開Google Earth就能與摩艾石像對談
國家紀念碑上有先祖們的形象
這個復活節，帶著行李，彷彿就要走進
它內部的經濟艙，我們始終渴望飛行

在滑鼠的指引下噴射而去。我們在家中
開始長途跋涉，從睡床旅行到沙發，
從書架旅行到餐桌，從衞生紙的城堡
拋下床單，游繩而下，公主也將
跳下zoom的求生筏，但始終無法走出
zoom的護城河——旅行，原來是
一個通往內部的世界：

一群人，以及他們寄存在
制度中的社會，銀行中的時代和
法院裏的悖論，都逃到
zoom的世界觀中，微縮到一個
郵票一般的框框內，在那裏我們手持
密碼作護照，以床墊作盾牌，我們
逃到了zoom的邊境，升起一支
能夠流淚的國旗；我們也有紀念碑，

在自由的公墓，在馬路的部落，
站在一起，看體制下的風景，如摩艾石像
瞻仰星空良久，終於被雪弗蘭越野車
撞散的新聞——像骨質疏鬆的偉人
承受不起整個時代的疲勞，屈膝
折腰，有同樣的出發點，有同樣的
目的地。有很多風景
早已更改了地址，城市早已建造了
平行的通道，我們登上電車
不會抵達回憶，我們登上了山頂
只為了憑弔，我們隔著一面黑鏡
隔著zoom的鏡面像派對動物那樣
懼光，戴上口罩，我們不會因此
失去面具，我們的面孔
充滿著憂愁的笑紋；或戴上頭巾，
像阿拉伯人，提槍上陣，戴上

手套，像負壓病房裏的醫護，或
戴上豬嘴，像一些我們活過了的少年
在濃煙中咳嗽，在ｚｏｏｍ的
天空下，躲避疫症，隱匿
那些和我一樣的人開始穿越
彼此的山脈，來到
時代的夢境，按一下Share
Screen，就可以打開他方，我們終於
來到遊戲的結局——我發現了

寂寞的秘密，於萬千世界中
原來早已經過了那些
不道德的電線，那些不君子的光纖
將世界緊緊束於一份
五百字的閱讀報告中，我們離開
教科書的世界後就進行一場

永無止境的重返，我們關在課室中如同
關在教堂裏，關在檔案中如同關在
政府公共表格吝嗇的行距間
以ｚｏｏｍ交報告寫回憶錄，我們數了無數次
五百字的格子數出標點中的狡黠；我們以ｚｏｏｍ
替代閱讀以ｚｏｏｍ求診面試和求職以ｚｏｏｍ
談未談完的戀愛，在清明節以ｚｏｏｍ
拜山以ｚｏｏｍ宣戰以ｚｏｏｍ解決
一切困境中的問題。我們有時候
站成雁的形狀，給別人抒情
以ｚｏｏｍ觀眾生，觀世相，
我們以為這樣就可以飛渡
另一個境況，得以藏身；有時則成了
山海經中的怪物，裸著
身子——開啟一個virtual

background就可以逃往山地
在巨河中，在煙嵐中，守候
直至長出更長的脖子，可以張望別處
長出更多的手和足，可以爬山，站在
獅子山，遙望滙豐總行大廈，那裏也有
伏地的獅子，正在大火之中燃燒
站在樓宇和樓宇中間，我們以Share
Screen分享疫情，分享
逃生路線，分享恐懼直至全體免疫，
人人不過是一些狹長的電線，
站在假期與工作的區分上，人人不過是
那根遛狗的繩子：一端是世界，一端是
　zoom，一端是課室一端
是睡床，一端是狗主，一端則是狗兒
一端是山海，一端不是經
zoom近是此刻的天涯，zoom遠

卻是他方的海角，我們站在
維基百科的條目上
打撈不到人生的焚化爐
我們繳交畢業論文我們也繳稅，
我們甚麼時候看不起
斑鳩和灰鴿，我們以為
雁要回頭，我們甚麼時候就是
牠們的倒影，人人不過是彼此的倒影
一個困境，一種演繹
我們始終無法在ｚｏｏｍ面前
正視一下人生的多重變焦

2

四月四日，清明節，我們在家中
行山，祖輩的忌日憑藉電郵

寄送到回憶之丘，我們憑藉電線
魚雁往返——我又重返
某年中國語文及文化科一道試題。
我們在模擬的悖論中重建
一座青山，我們反複練習，將山建在
生活的斷崖，搬到現實和回憶之間，
搬到網絡，需要更多貝聿銘和幾何學，
需要更多微縮的生活，直至將墳墓
全都搬進Google Drive，將Dropbox
建成沒有樓價問題的天堂。
我們如今住在無法上山
也無法下樓的地獄，我們仰望的天堂
像復活節島上的摩艾石像一直仰望
星空，直至以為看見了祖輩的天堂，
我們的地獄就在下邊，再也看不見。

四月四日，清明節，我們在家中
可以悼念甚麼？悼念一個地鐵站？
悼念生活？悼念祖輩的顏色？
悼念甚麼。我死於胃病或者飢荒的祖輩
我們以白酒和燒豬相敬，以果蔬、
限量發售的紙口罩和香燭相敬，
我們以通貨膨脹
支付了賬單，我們以冥紙賄賂
彼方的公僕，為祖輩服務；
我們的公僕在電視中呼籲上網拜山的節慶，
此刻，祖輩們在青山上
我們在青山下，景色在ｚｏｏｍ的世界觀中
那些人和我一起重返，仍在
預科時代的答卷上
寫下慎終追遠的遁辭

2020 04 06

憂傷的物件

2014

日本明信片

那些女子
刀眉。那些悠長的女子
流行以一個姿勢站立
以一個姿勢跪坐
夏姿和妝姿隔開
寫姿和立姿並對
(喜多川歌麿和那些坐著不作一語的大師
用毛線穿插著浪尖
用竹排修改簾子篩剩的夏天
髮髻之上
別著一夏的藏青
鴨跖草的普魯士藍的藏青

天空被海浪捲去
石頭留下
忌恨和陰鬱
描長了我的淡漠
明信片的風
卻吹著帶有時差的樹
江戶時代的樹
那些女子不輕易露出微笑）
那些已經成為婦人的女子
都是憂愁的
帶著刀眉
帶著墨跡未乾的刀眉坐在一起
輕巧的　剖一枚瓜果
充滿了一些
獨特的倦意

那些婦人從窗內望出去的樣子
一般都相當陰沉　頭髮
像午後之樹　輕颺、暴烈　而寂寞都是
草草的／潦亂。她們的廚房
碗盤　風爐和飯香　都放久了
一盆清水　映照著錦繪中一段
陰柔的藍煙（那段炊煙　墨跡嶙峋　她們的眉也這樣
嶙峋。是我所無法閱讀的
一段江戶書體：抽象的美學）但她們笑了

一彎腰　孩子爬上去
她們不怎麼提及
自己的孩子　她們的戀愛
在梳妝時都洗盡鉛華　瞇起眼睛　從鏡子照見
畫謎般的遊女　納涼美人的步姿
孩子爬上她們圓渾的脖子

帶刀的男人
坐在簾下。

這些在絹本中生活的婦女
時時伸出　圓渾的脖子　向外張望
跪坐在爐火旁　然後笑了。
有一些參差的風
吹過了富嶽三十六景　塔頂上的雪山
吹過了另一條
遙遠的墟市　變成簾子篩剩的暗部
（通過細膩的畫線
描出雨中一間柴屋　看不見的生活
又從無比緩慢　無比遙遠的日子裏
成了一門花藝）　她們的頭髮
是毛筆留下的乾墨　她們是
刀眉女子　敏於游藝

敏於伎　而不敏於
寂寞。寂寞等同於一座
遙遠的樓閣。

一切都這樣
早已固定在幾行
斜雨的中間

在畫線之間
那些女子其實是
陰沉的標本

日本郵便上
季節的樹和俳句
像一個比喻

一面大首繪

那些女子　帶刀眉

被風抄譯著

2015 06 19

石頭

玉觀音靜靜坐在陽光照不到的神龕上
出現一道裂縫
香火繚於那道縫下
維持了二十多年的坐姿屈曲在
白色玉質的瓷片中
但我們不供奉神的關節

念誦的時候
經文是不經的話兒，像首歌
像巖石的沉色，像搖滾樂所沒有的
溫聲細語

裂縫沿著玉觀音
分成兩半，它的全部奧秘
是由破裂引發的，髮絲般界於
灰藍色的煙，分開了
裹外，玉在其外，時光也流於那片
玉質的河流，那是暗處的秘密
那一半的玉觀音，彷彿和我一樣
竟如此脆弱

就像我們，在靈魂的星系中尋索得太久
經過了一個又一個地方
為了尋找一片海邊的烏賊骨
在這片煙霧之中想像、叩首
外邊的災害僅僅是過去的景物
過去是不動的，像一堆沙子
流逝，海浪謝場，玻璃

反饋了憂傷，憂傷是礦物質的
（一片白玉從此屬於
神的衣裳）

我們生活在自己建造的城市
那是一座待拆的煉獄，有樂園
有神龕可以放下思考濾剩的廢物
為時間狩獵，一隻動物
為青春寫了一句
以後不敢再讀的詩，
但經文從不暗示困難的含意

我告訴玉觀音一件內疚的事
我又轉告玉觀音另一些困惑已久的事
入了夜，火光熊熊的城市
便像鞭炮一樣燃燒

衝突可以定義，裂縫也許能夠癒合
群神的影子，焦慮的天空
如居於同一間大屋
都是瑪瑙、石英、玉髓
像雲母，像玳瑁，
像琥珀內一隻剛剛飛過白堊紀的蝴蝶
裝飾著那道玉的河流
終於一點一點流乾了

那一年的春天潮濕
玉觀音流著凡間的汗
抽濕機過濾著大地的寧靜
如思考終於變成石頭
以印璽戳下，一個傷痕
在中國的語法中
神是一片愈摸愈亮的瓷器

易碎卻堅固，有時我不知道應不應該想像
玉觀音的性別，她的易碎，殘酷
香的苦味，慢慢滲入那道裂縫
這些香氣和藥劑，夏天的時候，
又被玉觀音吸掉，呼出
如煩惱的驅蚊劑

2016 02 11

南洋杉

我在屋邨內尋遍四方
再也找不到那棵斷杉
它定必已化於泥中
像恐龍的一段枯骨
生出了石頭
一日，我走進孑然的數株南洋杉
我想起風燭殘年一類的詞語
想起它們也曾立於
侏羅紀的黃昏
有龍行於蔭下
有星宿如許

又一日，我在另一片
牡丹或松枝之間尋覓
中年人或無業漢
在斷杉的位置乘涼
那些樹
滿腹經綸
汁液纍纍
那些牡丹或松枝
色澤，萼片，株型
墨汁未乾，滲透了
紙背

那棵杉直抵十樓
它們有些靠在屋邨的牆上
不能直立，彎下時
有椎間盤突出的危險

有些將近於絕境，有被巨龍
咀嚼的可能
將近於凶險的杉，一矮身
剛好迎上物業管理公司的一刀切
去一半，在那裏，去一半
是電鋸的轉輪，去一半
成為木屑和灰燼

我立在和風習習的黃昏
那些樹
整齊統一
血跡斑斑

2020 07

倒後鏡

秋天頹敗的雨水
低垂在反複夢見的大樓窗前

我調頻，第一頻道轉述了
昨夜整整一座城市的誕生與衰亡
滋長，以至於完成了侵蝕
蘇格蘭、北庫克群島
仍然在明信片上，我的城市
一個晚上便被寄出
（未必不偉大的這個城市
捲心菜那樣，剝開，洋蔥那樣
易於煽動）珍．雅各說：

那些坐在快照亭裏的讀者
像一列肅靜的圍欄
（憂懼和它的暗色規劃著
午夜騰出的時代）
通過孤零零的政府建築、
電話機房對外迴旋的空間
商業街道上，升起了
一則節儉的初陽
但不通往失望和憤怒
錄像（暴烈及溫柔），甚至約束一整個季節的時光
也不去責備談及記憶的經典

快照亭裏，人是憂傷的物件
端坐猶似孤獨，向著沉默的光
在那裏通過圍欄
向某個深處跋涉。狼狽是

我很快便從大樓內醒來
眺望城市複雜的光升起
大橋駁接著大橋
雨駁接著雨，倒後鏡
倒映著夜霧的廢墟
閱讀惺忪的煙霧，那片影響閱讀的煙霧
此時此刻，成了難以轉述的印象

當我從靜物畫中望出來
創意市集外展開了佔用想像力的練習
我在遍地玻璃的廣場上
車軌駛進了靜默，側燈下
遠景退到攝影節濕透的玻璃門外
雨傘，猶似慢慢止住的懸浮
播音員說：
局部的消息已轉成點點雨水

以及傘沿一點點，未完成的蒼茫。
直到秋天終於變成
一個派別，印刷機終於克服了
陰影和漩渦。差不多到了半夜

所有人都夢見星空閃亮的流星
但可以選擇不相信
那些光芒

2014 10 09

絮語篇

——給PI

1

你站在石頭上，你坐下
閱讀過深沉的敘事詩

那些縮成郵票的季節
在異國的天空飄搖

窗戶外面的峰頂
全是狂怒，野蠻和天線

北愛爾蘭的和平，被你寫在
聖誕節的卡上，畫了內心的風景
是被世界埋沒和分割的樹

陽光在字行之間躍動
炮彈、野禽，都在躍動
越過了你不明白的海峽
將今天的事寫成
衝突和愛？如雨傘一般
靜靜收起來？對於荒涼
每個人自有其定義

對談了一晚
秋天終於要結束。
坐在兩棵樹下
在最接近離別的地方

提到那些不為所動的飛禽

那種秋天，落葉是想像的
野禽就像一個文學錯誤
當飛機切進雨雲
我們看不見的魚也游於
岸邊堆滿石頭的海

時間像一隻鷹，
那麼冷靜，像冰山一樣內向
藏著沒有情節的島嶼。

在一個缺乏想像力的節日裏
微風吹著戀人們
安靜的前額，他們漸漸投向一個
紅粉飛揚的世界，點著了香菸

在黑夜中抽了又抽，
閃閃發亮

2

比憂傷繁榮的城市裏
一切看不見的荒涼只為了應付
冗長的快樂和空白
逃不過，兩三棵杉樹，一灘
沉默的石頭。我所形容的
一片城市，它規劃了
足夠寂寞的園景
整齊。可以在那裏
偷偷哭泣，把這件事遺棄掉。
這些愈來愈遙遠的日子

需要更荒涼的定義

坐在一個填海得來的地方
黃昏成為斷樑，沉入大海
對著柱狀的天空，你開始說話

「那些人，坐在海邊，是黯然的
嘆著長長的氣」

時間是後來趕過去的一片雲雀
像一張談吐有致的
書面通知書，在斷斷續續之間
閃爍其詞。尤其感傷的
依然是那些人，像我們一樣
時常帶著不能治癒的感冒呼吸

你甚至告訴我哭泣這件事已經沒有甚麼好說的了

3

你說過的——戰爭和夢境一樣
漸漸動了犧牲的念頭
從未出現在餐桌的運輸艦游過
餐湯，衞星浸在夜色裏
政治和粗暴游於城市與城市之間
人與人，在孤獨的地圖旅行
我們也許更像脆弱的黑夜
它善於吞嚥，我善於
用食具分開厭惡的肉類
而你以戰爭名之。

我們約好不提及時間

我們以石頭形容的時間
只一句帶過：
「人和甚麼都不像
像石頭，它們可以象徵沉重」

你站在石頭上，每晚仰望過的星
黯淡得像不存在了

經過想像，那是現在的海和劇場
天空上，一顆不斷被我們觀望的星球
也有人養寵物嗎，因為依賴？
會清洗魚缸嗎？因為大片愧疚。
加入過爭取公義的組織嗎？

因為平淡之中無法忍受身體過早完成的結論。

許多人在仰望中以不能辯證的方式
處理世俗傲慢的道理
住在望不到盡處的摩天大樓
生活是排列在貨架上的

想像不能超越一隻停止遠行的鳥
有時起了殺意，便走進公園
給雕像重新命名，揑碎一株
巨大植物的樹葉
有時走進超級市場，揑揑公仔麪
尋找住劇本裏的人。

你一一因遺憾而錯，而笑。

因為平淡之中，我們剛剛完成了
一次人生的設想。

4

與打樁機遙遙相對的，是那邊的山
晚安你說，對著簡短的風景
對著黑布一樣撕開的街，對著我
秋天一半成了寂寞的燃料
已然修改了
時間的隱喻

我們的社會由巨大的機器印發
明信片上的名畫和聖誕卡
用來寫失敗的對話
人群都在博物館外面瞻仰
新建的市區
他們坐在車裏面，翻閱明天的報紙
去到海邊，從亂石中

找到另外的城市
去街口寄信
有時透過閱讀完成了
生活的遺言。他們看見自己
從此離不開這樣的森林
任由相連的馬路，任由斷開的天空
駁接，成為一段虛飾

連鎖速食時裝店
玉石市場住著的人
大型戲棚場外，列車駛入沒有人類的世界
像在電話錄音的世界我告訴它
季節的委屈，告訴它對制度的不滿

那邊的秋天必然也有海
有石碇和橋藝家

還有社會研究員
和書店店長
狼鰭魚展覽館的小冊子上
印著一塊天空的化石
這種漫無止境的遊蕩
其實是有罪的

5

因為生活，孤獨起了殺意
像一個跳水運動員，
在循環不斷的陰天下插入
平靜的水中，游向世界的另一邊
在文學裏，海是極限的終點
我們都在那裏泅泳，在劇作家的詞語中

成為沒有目的的打樁機，留在那裏
成為戰艦和恐龍保守的後代
它們也曾經生活在那裏，成為
海的遺跡，成為一段山脈
有過各自的家園，建立過社會、
愛情和制度，形成過粗糙的仇恨、
精細的沉默和一種悲觀。

也許還有幾代孤獨的漁夫參與了
這樣的失敗，重複
然後消失，一再被海擊潰，然後

被小說描述，被遊客的癡呆帶走
與世界遙遙相對
留在變成石頭的孤星
伊迪特·索德格朗說

「生命對於自己是個外人」

我們卻還沒有到達陌生的山

在一個不安全的星球上
沒有了飢貧、現代詩，沒有完成不了的教育
歷史像我所描繪的夢境，負重債
只剩下孤獨的飛行器仍在轉動
但有很多巨大的博物館
大師們住在幽暗的燈光下
這是遺跡獨特的儀式。

6

過了很多個秋天，過了足夠的秋天
城市仍有這麼多負疚

用那麼多時間走進善良的藝術
熱愛旅行的現代人
像我們一樣坐在同樣的樹下

面向大海，你說：

「經過郵局的時候便似經過了
生活的戰火和塌陷。我或他們
都躲避不了，一句重複的沉寂
一句無言以對，歸屬於一場
戰火紛飛的宗教，城市和城市結婚

城市和城市離婚

城市和城市有不為人知的地下情

這是因為儀式的誤導。」

就像我們，陌生，驚奇
坐在一起說很多故事
你默默指正沉悶的
東歐導演，他在一九九六年死了
他在訪問中瘋狂抽菸，托著腮
他住在所有人內心的公墓
因此你出發去波蘭
你告訴我那邊的貧困
以及歷史的沙丘

因此我留在孤獨的大都市
看了一遍又一遍
《十誡》中的孤獨大廈

大樓以上的部分
全是夢見過的劇場
我們被極度低落的天空困著
寂靜一樣刻意，一樣遲疑
在旅途和工作之間
有各自的時代需要規劃
各自的劇作需要編寫。

那些別人的房子
找不到墓誌銘

7

伊迪特．索德格朗還說
「我們將在寂寞的森林裏修行」

現在，狼鰭魚已游進了
代表苦難的魚缸，
我們錯過了的古生物展覽和石頭一樣
喜歡沉默。至於明天之後的事
我們堅持了很久，不成為一件
代表著犧牲的建築
不要成為一座沮喪的高樓
一個轉運站，一個新建的機場。

當第一架飛機從頭頂上飛過
旅人們看不見，我們談起超越自由的
制度和時間，葳蕤的叢林
那些不為所動的飛禽
一一在接近反面的論述中停留
島嶼已經瘦骨嶙峋

夜燈散落，光塊下
整塊島嶼的夜象
由沉默拼湊和堆積
那是一個人所不能穿越的詞句

8

幾次三番
我們像啄食影子的灰鴿繪畫了
陰天和屬於牠的樹
對於大樓來說，陰天
像樹上一些獨特的符號
有屬於它的野禽
可以飛翔，假設可以讓海浪
洗著我們製造出來的黑夜

雲霧在對談之中
不再散去，一切彷彿
旋生旋滅

舊物

長的信上記載了一列欠單
一盒企鵝出版社明信片
寫下無數荒野和雕像

大廈外面是久久不息的雨
徹夜未眠的升降機
要多久才能駛向一個
別無所求的星球？

如常行走於文明的中心
遠方的煙囪排出
持續不斷的憂愁

以房子交換建築
以生活交換破損的掌故
那些完成不了的練習
像緩慢的電車
它小得像一隻蜜蜂
飛進了一片花叢

我已無法穿透灰暗的玻璃
看見對面的你
你成為舊物中的字體
成為欠單上的數字
時間把一切典押在風景內
生活也是

當升降機拔地而起
發出升空的花火

卑微就像充了電的夜色
閃亮璀璨的燈飾默默枯萎
熄滅了一列城市
但地球仍然住在那裏
像人們都住在一間間小小的屋子內

我們曾經去過的地方
成為了遺跡
拔地而起的大廈隨升降機起飛
穿過一面一面灰暗的玻璃
我們曾在彼此的碼頭
分別，隔著一海比喻。

長信上，寫了甚麼
寫了未來和願望
寫了故事和暗潮

像一部探討生命的科幻電影
像老舊的大廈終於駛向孤獨的星際
擺脫了一個複雜的星座。

買一盒企鵝出版社明信片
你說在一個遙遠的地方
會成為全新的人
之間被狂亂的世界隔開
之間也有全新的碼頭
可以經歷全新的生活
可以寄全新的信

2015 04 15

十二篇

2021

2020

念之章

2019 12-2020 02

論仁

時間是一個問題
安樂是另一個問題

合法是一個問題
壓抑又是另一個問題

有一套無形的法則
給我以正大　光明
甚至要了

我的命

論孝

日後我的後代
也將這樣
看著我
像我從父母眼中
看到自己長大後
多多少少的恐懼，而後來
後代們也將這樣
看著我們充滿憂愁和淡漠的遺像
就像我不敢繞過他們
在平庸的忌日，默默無言

我們的防毒面具

早已深陷為表情
吞吐之間，他們彷彿也有過
異樣的唏嘘，憑骨骼與輪廓
依稀相認，我不曾看見他們眼中的後代
如我是；日後我也將這樣
看不見我眼中的先賢
如他們是

我至今不能忘記
夜色如鐵
茫茫的大霧鬥於前方
故事釘在前方，釘成一枚
牌匾或碑文，我們就這樣相隔著
如忌日重於記憶
如儀式無法兩相約同

又敬不違
勞而不怨

論君子

以一種賓語前置的方式告訴你
嚴以律己，寬以待人

以一種簡單二分法的精神
處理對立的天空
將世界除二
將社會約簡
扔下鐵
扔下錨的污垢和煙蒂

在這個二分一的共同體中
孤獨分享了一半的你

憂慮虛飾著另外的你
天空始終成就不了
你坦蕩蕩的虛詞、
信念和定見

你的斷層中有一片瓦礫稱作時代
我的時代就在其中
也有一個斷層稱作曙光
我的時代於一道模擬試題中
繼續約簡
成了倒裝句上的標點
有時成了病句
變成了一個語法現象
你們退休後就返回你們的時代
在那裏，有另一座獅子山
給你們攀登，臨風對月

彷彿正要告訴我
生活的形容詞、
信仰的副詞、
正道的代名詞

魚我所欲也

有一套無形的法則
給我以正大　光明
甚至要了

我的命

我在欲念的海洋中
靜靜游過尖削的沉船
我苦苦思索：
揚帆或息偃
黑夜與白雲
暗室和陽台

它們的義理竟如此淺顯
總有不能超越的選擇

我曾在一片亂局中
選擇謹言慎行
也曾在漏水的雨傘下選擇鍛鍊
直至完成背道而馳的技藝

我選擇燈火下的污垢
不選擇生命中的遁辭
選擇生存
不選擇苟活，噢？
我看見蜂巢中的體制
就像蜜汁淋滿了天地
有人選擇支付時間的複利息
有人選擇立旗和獻身

在眾目睽睽之下
從時代的瓦礫中走過，
於大霧中走失

困之章

2020 04-2020 07

月下獨酌

你的肝
會不會因此而溶於酒中？
偽證的藥劑
繞著深夜，正義的垂櫻默默
無聞，你的心會不會
因此而化為煙嵐
與天地相接？我翻開啟思書
只能在註釋中找到
傷心的替代品
一座碎葉城，它是愛國主義的
那裏的旅遊業不解決
月亮和雲塊的問題，垃圾

在焚化爐燃燒，天空佈滿機密
和輻射，這是
我的時代

生活的祭品中：廉價的紅酒
超市在賣；腥紅的鵝肝，陳列在
酒店的自助餐中，冠狀病毒
不會經過你的肺，你的歎息
清新可聞，酒水流於你
胸中的江河，月亮下

起碼你有清醒的影
來來去去

你的肝
會不會因熬夜而燃盡？

人造的衞星
繞著雲漢，廉價的時代空空
如也，你的月亮
你的花卉，你的劍
不能治療抑鬱、迷途、
孤獨、恐懼和愚昧，甚至
你的腐脅疾
也殺了你，你的人際關係，你的曠達
（或虛妄）像無法分解的塑膠
酒是夜色的燃料，戒毒中心
關門了，生活的美沙酮
包括iPhone和5G
這些可供細細品嚐的盛宴
我也有

傷心的替代品：

維多利亞公園的草坪，我也有
花卉展的廢棄物，我也有
節慶之後的孤獨感，我也有

寒笛屬於鈴聲，鍵盤虛擬著
月色，遠遠的山巒伸展於
游泳池的倒影中，我也有

從擁擠的公墓舉頭，看看天
看看雲，琉璃中的明月
是一面昂貴的玻璃
我也有。暮靄蒼茫，你的心
會不會時而哀悼
時而在謳歌中
沉默？

登樓

時局的動蕩與你有關
你極目望去，像穿過一道瀑布
在觀望臺上看山
山太隱晦，雲太曲折
像大詞典中
形的偏旁，音的假借，義的部首
不廢的江河寫在第一頁
山音，寫在第二頁
生命也是漆上去的枯枝
你依然極目望去
大詞典已經解釋完了

時局的動蕩與誰有關？
登上獅子山，高度是一樣的
山體是一樣的，隧道不能通過它的腑臟
我在峰頂上，變而為客
再也望不到棲身之所
天地之間，只望見異鄉的植物長出
一籠殘霞，在觀望臺上觀霞
我來不及回望你
你消瘦的下頜，你混濁的肺
一呼一吸都像諷刺畫和排比句
現在，身為異客，
我在燈火的變幻中像那隻
沒有得到燈火的夜蛾
與榮辱相望
牠是灰暗的
牠身輕如塵

在觀望臺上觀霞
遊客在山頭的羊腸小徑
霞太世俗，風太粗淺
作為異鄉的故鄉
作為燈火的燃油，瑰麗而浪漫
登上高峰
登上ＩＣＣ
登上廣告
都一樣

我日漸枯竭的時候
帶著觀念之形讀大詞典中
感時憂國的解釋

你熱愛的土地
就像樓頭上的花

如我望見的流霞
也有了觀念之形，但你熱愛的土地
早已不在那裏
早已變成塵埃的輪廓
變成錦江倒影中的世界
變成玉壘山頂上的雲與煙

山居秋暝

在人生的河道中，我看見
星空映照在那裏
那裏，甚麼都沒有
只有噴水池的底部
只有我的底部，
長滿了
猖獗的植物。

在人生的河道中，你
尚年青，掌握不了高低、進退
琴藝多麼高深，不能長出

乾枯的手指撫琴，也無法在畫框
或籠子中，蘸墨，歸隱，
成為鳥，擊中遠方，你卻默默
在射藝中摸索到一點
立論的方向，射向山後
那面牆，射向空的
那座山

天氣不會太好，我只能
走進課室，那裏有理想的土壤
可以圈養，可以虛度
這裏，有著安身立命的定義

當我重重複複寫下
週末功課的期限，你早已
走進內心，與理想搏鬥，

那裏面與空了的山一樣
也有一個深不見底
的底部，從那裏

可以直達中年，我需要
一間達摩寺，練習靜觀

或自修室，在那裏午睡
醒來之後大徹大悟

或那名為鹿柴的空間
建造插針式的樓房；那裏也有
一些樂園

有八十後的機鋪，從那裏走出來

也有九十後的Game Boy和
online game和我們的
Sim City，我們的city如果也可以
從那裏回去，在那裏重建
一個國度，一間課室

在人生的河道中
我看見城市被建成難題
生命被居所修正，
而你不似王孫，無法帶著包袱出發

你區分不了人生的單位
是尺度或是厘米
是實用面積還是
建築面積——我便又讀
〈鳥與籠子的難題〉[1]，十年前

我也如此自由過，像靜觀死亡
離開後便不再回來
我的青春期，它必須
在鳥飛走之後
才結束，像王維
半官半隱，你說他不過是
彈出彈入

我們至今無法
與王維相遇，他不會比我們更
樂觀，也不會比我們更清靜
鹿柴建在甚麼地方
籠子建在甚麼地方
樓盤廣告、秕政
參與了時代的修辭
我無法跟著鳥，飛走

我一回頭，剛好與你
遇上

1 《狼狽》，頁八十三至八十四。

渡之章

2020 07–2020 08

青玉案／渡

你是多麼意興闌珊
就像你的名字
那淺淺的兩淮
分成了兩岸
山外的山上
樓上的樓閣
主流和支流
星火和灰燼
主戰派和反對黨
主流的煙花是甚麼花朵？
直教人看了又看
主流以外的闌珊也有

自己的淪陷麼？
將煙花作年華
將闌珊作化外
將主戰派作反對黨
你是多麼意興闌珊
就像將故地作異國
將津渡作關防
那淺淺的兩淮
分成了約誓
城內的城府
島外的島嶼
是饗宴抑或藥劑
是耽溺抑或自沉
是制裁令抑或〈去國帖〉
主流是一道怎樣的河流？
直教人愈涉愈深

支流的河岸也有
自己的淪陷麼？
將寶馬作浮華
將飾詞作牆紙
將紀念會作嘉年華
你是多麼意興闌珊
就像將尋索作瘦骨
將迷路作枯腸
那淺淺的兩淮
分成了兩筆
撇捺

看完煙花後
天空仍那麼單調那麼失落
那麼像你的名字
一個棄字

戰機越過了某海峽
戰機墜於某海
戰機沉入到
主流之中化成了圓渾的鯨骨
看完煙花後
天空仍那麼虛浮那麼嶙峋
那麼像你的名字
一個疾字

想像，假設，向灰燼存敬意
為險惡點燈
勉為其難的事不止於此
就好像每年的慶典突然完結了
驀然回首
我們仍然生活於
煙花的深淵

我長期徘徊著巨大的圈子
不斷從抽象的天空越過
我以為這樣就可以渡過
對立的天空
這樣就可以渡過
我們的涯際

與蘇軾渡海

1

我沒有衞道的江水
可以拯救甚麼，不如及早渡海
直達中年，從那樣平靜的海
渡去，中年的海水算甚麼？
底下沉積的鯨骨，圓渾了
自沉的添馬艦成為地點
戰場與骨灰罎子、未開封的鴉片煙、
偷渡客與骷髏頭、海底隧道的沉體
以及填海帶豪宅的樁，底下異物的瘡痍
算甚麼？——（1081年，蘇軾，黃州

那片波浪如是困境，卻毫無敵意
那片波浪如是永恆，卻是宿命使然
他的黃州早已無法恢復，明天依然是明天
他的黃州在 2020 年封城了，大水又再沖進去
我曾路過的古跡是二手的，有些是三手的
貿然走進任何以故居名之的地方
這是我的誤會

但，揚子江上，月亮
卻是真實的，2020 年的水災
也是真實的，那片波浪
如是困境，捲起千堆雪，
那片波浪如是永恆）我們渡海
海的腥味在風景線上
海的後代在魚腹中，去不掉、
淘不盡的夜景，在過剩的憂鬱症後

像充電的盆栽，而船在那裏
輕輕渡過，這是我的33歲

（1082年，蘇軾，黃州
江水終於任而由之，我曾於臺北國立故宮博物院觀瞻那幅
肉豐骨勁的〈前赤壁賦〉
那裏面有圓渾的風，圓渾的雨
一個水循環的世界
當他呼出「壬戌之秋」時
我的渡船也到了，從天星碼頭渡去
沒有那樣的經驗可循，我的秋天
僅僅是一個季節，時常被天氣左右
像一個想像或概念
有肉豐骨勁的常綠樹和亞熱帶的草尖）

那一年我23歲，捲曲的怒髮與驕傲一起

承受風跋扈的磨折——博物院中的掛軸
秋天有落葉也有顏色，我看了又看

2

那時渡海，維多利亞港的水
僅僅是交通，那時渡海像進入一枚
擁擠的巨眼，風景中，有高樓，
海浪下，有隧道——我沒有被它拯救
反而被它深深吸引，沒有備道的霧
也沒有山間的月——我讀過無數
風暴的陰鬱也這樣：

我曾於蘇軾陰晴的循環系統中
遲疑不決，他的杭州密州
黃州惠州儋州

這些州，這些州啊，
他人生的加法和減法，他早已
像〈念奴嬌〉的亂石、驚濤，圓渾了；
我也曾於李太白的英譯詩中
讀到致幻的境地，讀到他的月亮
讀到〈渡荊門送別〉的飛天鏡：

The moon
rises like
a flying mirror,
and the clouds
grow into towers
out above
the sea...

我從另一種語言中重新認識了

那片境地，終於走進大雨，而後
狼狽而回，但，
始終無法走進月亮看看，那上面
多少被仰望過、被致幻過的遺跡

那上面除了飛行器和國旗
除了永恆？那上面
有甚麼遺跡值得再三瞻仰？

隔著致幻的玻璃望雨，渡海的尷尬彷彿
處身他方，那一年我23歲
大雨的沉錨咬緊屋頂，雲是一則廣告，
海是結言，我沒有得到另一個
人生的角度，去仰望，但一低頭
又被真實所欺，看那些摧毀和拆卸，
我沒有得到「圓」的頓悟

這像不像蘇軾從無數次看月的經驗中
僅僅得到的一片孤舟？
一聲「人間如夢」，一月在上
一月在下——

3

在一個明滅不定的黃昏，我又登上
渡海的小船，此刻從渡輪上望去，
高樓的驕傲和跋扈，高樓的虬髯
搖搖晃晃，都在維多利亞港中

維多利亞港，噢維多利亞港
如此，一月在海，一月在天
（一月在 1081 年的揚子江
一月在 1082 年的山上）我想起揚子江中

是不是也這樣：把甚麼都回收了，
把甚麼都堆填了，有些藏於水下，像添馬艦，
像鴉片煙，像骷髏頭，像古生物的肋骨；

有些揚於水上，我仍然可以從那裏
渡過去，把灰撣掉，從大海望去——
風景線要怎麼修剪才符合
國際標準？半島酒店的夜燈閃爍
那是我和女友都難以繞過的風景
那裏面有失意、求索和超脫嗎？
有秋天的江水可以憑恃嗎？

我們登岸，走進風景，這一年
我33歲，暗潮從海底伸出
一雙雙鬼手，每一揚浪都驚險萬分
每一次登岸都離終點更遠

我似乎自始至終都在同一條船上
晃動著，但 1082 年，元豐五年，
蘇軾，黃州，他的江月敵過了飄搖，
敵過了 2020 年的水災，2020 年的困境
不屬於它，那月亮同樣照著
維多利亞港的平靜，照著我
當他也如瓦片沉了江，也如玉器的骨灰
四散了，當他又呼出胸中的
葳蕤和薔薇，一聲「大江東去」
了無痕跡

4

小輪渡過了，對面便是 43 歲的我
他沒有瘦削的顴骨，面對波浪
搖晃中，海顯得更深，渡輪顯得

更小，他已很接近蘇軾的中年了
他已很接近水的幽深，中年的海水
算甚麼？——但我沒有遇見他，我只看見
一個海，如此漂亮的海
將兩岸分開，從中年的角度看去
大風中，一些輪廓
大風中，維多利亞港
我們登岸，走進風景，這一年
我33歲，半島酒店的夜燈閃爍
那是我和女友都難以繞過的風景
那是我和任何人都相信過的風景

聲聲慢／爭渡

一早就要準備面對
花死的樣子
仰望白日將盡的星象
那裏不見得從容
你仍然，在窗外望菊、
梅、蓮、棠棣、酴醾、海棠、梨花、蘋花
桂花、蘭、丁香、梧桐
這些植物，望完整的宋瓷、漫漶的玉爐
畫屏和燭臺對照、瑞腦、
翠帘或縫隙、簷角或雨點
鉤欄或貧弱、敗絮或風雨
鞦韆在前、花蕊在下

這些構圖，從窗外又望進來
正是憂鬱的客體
通過仰望，得以成形
打開小軒窗，你挽了髻
一晚臆想後頭痛欲裂
仍然找不到合適的地點隱居
一些沒有被語言縫合的刺繡
是避世緘默的黃菊
這次第，你是花朵的一部分嗎？
你有超脫的葉子和香泥嗎？
你只有一枚紅日在上
長久不落，野禽沒有發現你
牠記得孤峰並飛過去了
禿而荒唐的高處
山沒變小，水沒變色
那些離開的鳥不再回來

這些都不是我的，我有公園
拉起的封鎖線、細葉榕無處可逃的虬髯、
環保磚和紙皮石上的字跡、圖書館外
有關傳染病的海報、不能接通的隧道、
恒生指數和確診數字、特朗普和羥氯喹
這些臚列，近於譴責，近於窺奇
你有秋風可以削尖
體內的骨，我的秋天更似一片炎症

這次第，你閨閣中的一瞥
花便老了
也許是水氣的影響
也許不是
也許那邊才有天空
這裏還沒到盡頭
或者是天氣問題

或者不是

過了花季，我們會錯過甚麼？
你有 1127 年的孤帆
我有 1997 年的黃昏
你有淮水
我有深圳河
你也許願意跟著夢與灰燼
一起飄著
花掉在水泥上
化而為石
能不能更加堅強
你也許都不要
在水泥之下有另一個世界
破土而出

關於花香，你仍在尋索
關於青春，卻早已無話可說了

思之章

2021 01-02

假於物

如何以使用木器的手
撫摸靜寂？你拿出一把琴，它充滿釉色的琴腔中
早已空無一物，那會不會正是靜寂的所在？
我從木器中學習
做人的道理，變成琴腔，變成車輪屈身成弧，
去一個遠方（使用銼刀的道理
不也一樣？成為鋒刃
像修習一個技藝，在梓、匠、
輪、輿之間頻頻轉換，將遠方刻在一個
不存在的所在，但我不成為
木器本身，而成為一把琴
凹進去的部分，成為絃線上的張力，

而不成為朽木，成為音符與音符之間
充滿化學元素的曖昧）那沒有生命的木器
不過是植物的屍骨，此刻是琴腔——我變而為
靜寂，變而為紫檀或樺樹的椅子，
再變而為懸於絕處的梓棺，或變而為
鶴骨松姿的君子等等等等。
這些那些沒有生命的器物
木直中繩，其曲中規
都等待著被我假借

要如何以使用木器的手
撫摸銼刀？我好好學習
拉絃或拉弓的姿式，我時時自省直到突破
閾限或門檻，致千里，絕江河
我們身上那些屈曲的假借義
包含了一刻的善與德，

我們一閃念就是
君子，一閃念就是木匠，
我以演奏家的身手拉絃或拉弓
（那些音樂，那些語言
那些靜寂的所在）

我從道理中學習不成為一個沒有用的人，
「沒有用」「有用」，噢——這些物化的字眼
這些分類法，於是我成為木藝師的銼刀
或榫頭或卯眼，我隨物賦形，
我假借它們的身體
像已成大器，我假借它們的鋒利
削觚為圓，我學習樹蔭，
可以管理和收納一點陰暗
我也學習肱骨和股骨，變成一些
過於堅硬的事物，我相信堅不可摧

我相信牢不可破，我成為了它們
我　超越了它們。

我曾在花的語言中
說出季節的秘密：
必須服膺於這個世界的穹頂
以一個人面對整個世界
也曾在樹的陰影下
背負一些鬼魂

我要如何理解銼刀的善意？
如何與屍骨交換聲音？
如果因惡疾而變形，因大氣中的病毒
而枯萎，因時代的啞謎
我沉靜如木雕，噢木雕，
它能內省嗎？它有愧疚嗎？

我摘下使君子的萼片，噢，那之中有君子嗎？
有治世之道麼？

我們知明　行無過
我們神明　自得

我們彷彿就是銼刀
我們彷彿只能從琴腔
凹進去的部分
成就自己

拘於時

1 流俗

我要怎麼突破
一個時代的禁臠？
先師說：難矣哉！

先師教我以古道，我說：從屋頂上飛躍
那之上有一片天空
我並不能抱著天空
我只能與泡沫共舞
道德的天空何壯哉！

從蛹化而為蝶，從生變而為旦
從仁至到義盡，我突突的喉結權充消化道
一會兒陽，一會兒陰
我吞下流俗的盛宴

我以陰晴不定的天氣代表它的聲部，
我一聲清嘯，從陰轉而為陽
從地面深入底層，我終於掌握了
冒進的意義：

像縫紉機的語言——以繁密
交換纖細，也像蝴蝶渡海——
以燃燒交換轟烈
像擔雪填井，像抱薪救火
——以消弭獲得滿足

2 對置

從毒劑到解藥，我嚥下
一樣的丸子或糖果，甘之如飴
我呼吸大氣中的善惡若蘭
我以抗世的糖衣
抵擋甚麼毒害？這一切——
這一切——是拯救麼？

從分歧抵達共識，從倒退定義躍進
我從未如此自由過，躍升，然後就是
下墮，就像汽球的墮落，
時而冒進時而爆破
如斯正常

先師說：難矣哉！

因此我只能與沒有意志的地球
一起旋轉，它以黑和白均分
我的天地，與季節性感冒相互體悟
病體的敵意，就像從小人之中均分君子
從愚均分聖，所在多多
矛盾充滿了我的天地

3 突破

我以運針的精緻挑開
線與線之間的矛盾，那是時間或煩躁如絲
那是黼黻或圍網如結
我以遺缺比擬針黹，於皮相行走如刺繡
從時代的刺針摘下
理性如柳枝

從鞭笞記憶紋飾，從柔弱體會剛強，從離別界定生死
我以針管對接血管，以救世的針劑
洗去鉛華，我能從此脫胎換骨？

從左至右，房子依然是房子
從極左至極右，房子
只是屋頂和面積，我左右了它。

4 左右

因此我不能去學一種
平等的語言處理陰性的虧欠
陽性的道德，我從左至右
從升而降，那些不能越過的閾限或門檻
沒有左右，沒有陰陽，就在那裏
何其平等，因此我只能觀望如下：

房子以上的房子，面積以上的面積
那之上是一片甚麼天空？
我踏空而行

先師教我以讖刺
我施展提縱術，從屋頂騰躍而起
我又回到另一個屋頂

我破鏡而出，左右便對置了
海像破杉的倒棘
那些早已碎掉的鏡片
描出尖月，一點刻薄
一些灰暗的沉思
在左　而另一些　在右

5

抵達

我伸展胸襟像揚帆而去
我以女子的左解釋一部分的右
我以針尖挑破時針與秒針
我以剛陽的喉結
唱出歌聲中的國體，那之中
有甚麼不可分離的結構？

我轉而向右，回到起始，從解藥理解毒劑
從底層鑽進更底層，從躍進慢慢倒退到
沒有價值的泡沫中
我擁抱泡沫如珍寶
先師說：難矣哉！

從下而上，是一個個屋頂

難矣哉——我要怎麼突破一個時代的禁臠？

遊之章——並贈燕夕

2021 01-02

宴遊記

1　未始遊

我忘了那次少年遊後
為甚麼要傷心良久
攀不過的山嶺沒有消失
去赴別人的宴會，我們吸著燒過的空氣
狐疑的鐘聲，洞穿了眾人的耳蝸
分開了我們

每一次被夕陽窺伺的時候
我的朋友便說：
一個人為甚麼要去旅行呢？

是的，一個人為甚麼要去理解那些
旋轉的路徑呢？

在這裏，我們有很長的一段路要走
進入某種勻不開的色調
像那些人
有凹凸的脊骨
我彷彿已經
帶著難耐的疲倦
已經彎曲成一些
崎嶇的東西
像某種沉甸甸的喻體
就像某種
沉甸甸的喻體

我帶來了枯花和卷心菜。

一些水果和蔬菜，切成塊狀
擺放在石上
我們在充滿矛盾的地方
等待夜宴

2　少年遊

春行如秋，晝行如夜
連一些內斂的植物，也於風中折了腰
剖開果子，它的核心早就破裂
一道紋飾如捻子延伸很遠
我們的旅行，勞形怵心
一步一步接近餘悸
不像你進士及第後
躊躇滿志，貞元二十一年
你也33歲了

升任禮部員外郎——這一年
我登上城市的山
突然害怕從此僅能區分
山的貧瘠和孤獨的嶙峋
我紋了蟹的舌頭悄悄躲進了
少年的森林，初月、石灰岩，憑空而至
我僅僅得到一點膚淺的夜色
停在峭壁的枯木上
我逆著一排鐵雲
施施而行，漫漫而遊

我如你一般張望，回到少年遊
意氣風發，在疫症的天空下吐氣
吸入它的甜味
在佈滿凹痕的石上野宴
從山嶺到高速公路

從醫院的植物到夜景的仿製品
都是充滿技藝的張揚
然而少年遊早已完結
我只以脖子的長度探勘
晚陽的內在，我們旋轉的心情
多多少少是荒僻的
被暗黃的色調納入夜的編制
蕩來蕩去之中
狐疑的鐘聲又再敲響
一個困境便形成了

3　始遊

元和四年九月二十八日
你登上孤峰俯視一場
中年的風暴，你一人

站在法華寺西亭
終於想通了「遊」的意義
從人生的高峰俯視瀟水淙淙
正如淹沒你的低潮，均已不再聽得見
我仍然在少年遊中闖蕩
攀山涉水，此刻，我忘了回顧
少年的山峰，那裏面
一草一木，一花一果
都是我，一個大而無當的世界
我成了它。這與人何干？與己何干？
這與不辭艱辛的跋涉何干？
我為解決不了的難題所誤
與疲倦、恐懼一起彎曲
彎成任何崎嶇的路徑

一個人為甚麼要成為一個世界呢？

是的，一個人為甚麼要從自誤的角度
欣賞山水呢？如同此刻，餚核既盡，
光亮終於到底，這一帶山水
可有另外的津渡可覓？
體制中萬物的懸空
是那些遠洋貨輪麼？是波浪麼？
我望見孤立的樹被燈飾所纏
它的璀璨是特殊的
遠望港島和九龍
雲霧中不斷縮小的建築
在風和日麗的時候，這幾乎是一面
城市優秀的鋸面
我們到處張望

我們如果是韌性的
我們都會在別人面前

死一次，在削尖的鉛筆中
學會思念一點，青臒之間
冥冥的礦物質
關於山與海與雲

我們就在那裏展開一場
險象環生的郊遊——我們就在那裏
展開一場自在自得的郊遊

庚子晚春五月六日，從西高山蜿蜒而上，不一會就來到峰頂，極目遠眺，左面是薄扶林水塘，右面是九龍，隔著中間一片維多利亞港，兩岸近得觸手可及。陰霾不開的時候，沒有甚麼風景可看，雲像一片玄鐵，蓋於頂上，古人登山，漫漫而遊，恆惴慄，這片土地，亦如是觀。

修樓臺記

1

它們一次又一次地毀滅
一次又一次被重建
它們高於自身嗎？慶曆四年的滕子京
慶曆五年的醉翁亭，慶曆六年的岳陽樓
慶曆四年的滄浪亭，它們寓物以後
仍矮於松枝，矮於岳陽樓的閉路電視
矮於醉翁亭的火鍋店
毛澤東的鸛雀樓，黃鶴樓的入場費，
豐樂亭與植入式廣告，滕王閣的不鏽鋼，
從廢墟走入大都會，我登上凌虛臺，我復又登上

超然臺，我走到拙政園的管理處，憑票而入
——這些樓臺，這些故園
仍矮於遺缺

修好一座樓，我們可以一步登天
謫仙人在樓臺上看月，但飛行器已經抵達了
那上面有甚麼看不透的風景？
有甚麼風暴？遷客騷人也看水
欲窮千里，處處過帆，這一座樓下
那漣漪或波浪的圈套之中有湖水、
川流、海自身所沒有的物哀
風雨也是狹義的，一個用顏色表達的海
可以容納甚麼？有甚麼比它更深的容器不？
植物在樓臺上搖曳，有時看花濺淚
有時看鳥驚心，有多麼疼痛
那花之中有無助和悲涼的內核

那鳥之中有孤獨的骨骼
這一座座樓上，我的天空又直又曲
我們立於高臺，不抱任何希望就接受了
生命的殉葬品
有時是一座枯山
有時是一片哀嘆的甲骨
直到將我的灰撣盡

2

一片用混凝土象徵的寧靜也有鄉俗？
它們僅剩一具具外顯的身體
這些成百成千年的身體中，早就深陷於
寧靜的沼澤，苦苦支撐的骨頭
一些屬於形，大半屬於神
滕子京的朋友們，也會聚於

新樓上，引觴滿酌，頹然就醉
尋思：新政與革新，維新與政變，
究竟是不是同義詞？究竟是不是
反義詞？他們緬懷的是甚麼？
他們重新登上新修的樓臺，
憑欄處，愈來愈看不清
風雨中的內容，那些
通往內心的樓臺，這些
通往內心的樓臺，一再受氣候左右

毀掉一座樓，我在另外的新樓上
憑票參觀，風拂面而來，時代的氣息中
有了新的內容——包括了 wifi 、輻射量
和致癌物，這一把風也曾拂過
范文正公的大袖，拂過蘇子瞻和柳子厚的青衫
風景之中也有了新的內容——包括了

地產廣告、國酒茅台的橫幅、
恒馳電動車ＬＥＤ廣告、城市誇張的燈光
在同樣的樓臺我登上
另外的高山，我也有疲倦的身體
等待重建，我靜靜觀賞松的折屈
它正被扭成黃山孤松的形象
有比盆栽更疲倦的生存嗎？
我也有比樓臺更疲倦的憑弔嗎？

從西高山遠眺，雲低於海
山體陷入雲霧之中，遠洋貨船來來去去
一些外形美觀的東西成為困擾我們的光
即如此刻，複雜的巨廈於我目下
彷彿於海底深處能望見皇后碼頭，望見和平紀念碑
與大酒店錯位而立，雜草遮掩了
我的視野；望見李小龍故居或時鐘酒店

虎豹別墅或豪廈，從九廣鐵路鐘樓回望
便能望見同義的建築：東華義莊，
精神病院，域多利監獄——
辨別鐵枝抑或樹枝、病院抑或監獄、
寺廟抑或輔導室，我此刻狼狽如此——
背負了整座山，蹣跚而行，
這座空心的山，雲霧繚繞
一一壓在凹凸的脊骨上

即如此刻，幽深的倒影和星巴克的香味
加深著滿腹羈愁
風正以一種形狀破壞憑弔的憂傷
從法華寺西亭望山的覺悟
我有嗎？我們立於高臺，不抱任何希望就接受了
記憶的抵押品
有時是危樓或空殼

有時是重建或錯體
直到將我們分開
在一座又一座孤樓上

逍遙遊

1

正被我旁觀的銅像
在中山紀念公園
一群婦人在銅像下
跳著舞
苜蓿長在四大寇的銅身上
西環的斜陽拉長了
樹拉長了
樹是無為的嗎？
我看見無數沉默的飛蟲

天亮前就死了
天亮前牠們到曠野去
所謂曠野只是一片
人工草皮
牠們飛不過一個公園
飛不過曠野或草皮
就像一個示例
在殘忍的園林學中
有無數抑鬱的集合體

我與枯葉之間
只有季節的差別
我也有自己的枯榮
我從道理中學習
不成為一個

沒有用的人
「沒有用」
「有用」，噢——
這些物化的字眼
這些分類法

我善假於物
我不拘於時
——我化而為葉
乘風而起
比如一個人
於激流中闖蕩
任而由之
不成為船
成為浪
不名為流離

名為遊

那些沉默的飛蟲
不被我的旁觀左右
牠們化而為古仁人
化而為一部蕩寇誌
有革命在他們之中
有細作名為分化
有長袖闊帶
有衣衫襤褸
於山水之間
聚餐，於港口休歇
他們一起跳舞
一起看山看水
他們也去旅行
並將之命名為流放

名山大川都遊過了

也閱讀雲
它們大袖飄飄
遊於四海
閱讀範文體的山河
我們害怕的
是孤雲後面
望不穿的狹境

此行我盡渡深海
遊盡了岬角
你不承認
那就是返回

我假於器物

可以成為銅嗎？
有甚麼器物容得下哀戚
容得想像
它們身上有萬種意義
我從分類法中掌握
是非曲直順逆
褒貶表裏
這些相反詞
不困於龠器
卻困於天地
從少年遊歸來
立於這個公園
它的體制下有我
無所可用的旁觀
不困於煙火
困於萬種闌珊

2

我所處的旅程沒有通往
內心的旋轉門
所謂經歷就是不斷畫押
登山和登頂
是某些世界觀
用甚麼器具刪節
風景中的大霧
花朵中的飛蟲
不用甚麼刀具斂飭
仰望的天空
一個紀念公園
一尊銅像
一群以寇為名的志士仁人
內省的幽徑不通往

愁之腸

閱讀內篇
莊子的旅行
教育局為此提供了
遊的指南
七除八扣
餘下兩段
鯤鵬都已不復見
裁剪依據甚麼度量衡
不依據甚麼尺度

用甚麼以小見大
不用甚麼微觀
放大鏡式的腑臟
只餘下一段愁之腸

可供進退

這是範文體的山水
是遊的極簡主義

我登上西高山
與登上摩天大廈
有甚麼分別？
我從分類法中掌握
高低清濁虛實
明暗圓缺
這些相反詞
晃動的烏絲燈亟需延伸
散佈各處
就像雨剛剛下完
對立的天空

映照著歧義

我也遊於
這個奇異的公園
看飛蟲化而為
國父的側影
那個銅像
覆蓋了一片草地
有離亂正如此刻
西下的夕陽
伴隨著婦人的喧囂
不被我的旁觀左右
她們化而為另外的銅像
形成另外的側影
在營養豐富的草皮上
在飛蟲的曠野上

跋

背負時代，走進晚冬——讀文於天〈十二篇〉

何梓慶

《晚冬》是文於天繼《當我們讀詩時我們讀的是甚麼》及《狼狽》後的第三本詩集。詩集分成六輯，除繼承了《狼狽》的家族主題與「隱秘的自我世界」[1]，《晚冬》的核心是詩人對「教育」的思考和詰問，這集中表現在最後一輯〈十二篇〉之中，這一輯共有五組作品，詩人嘗試以此重新詮釋中學文憑試中文科的十二篇範文。據詩人所言，這一輯作品幾乎耗去了他所有心神。[2]從技巧及結構看來，〈十二篇〉可說是《晚冬》的壓卷之作，本文即集中討論這一組作品。

令古典篇章繼續在時代中流動

文於天任職中學中文老師，與學生講授範文，準備中學文憑試考試是其日常工作，多年來反複講授這些作品，令他對這些經典作品有了新的體會。作品〈晚冬〉可視為〈十二篇〉的註腳，此詩作於2015年，當時文於天成為老師不久，社會期待他「保持雁形」，這就引起了他的疑惑和憂慮：「教學」究竟是重複的飛翔？抑或只是影印機重複的鳴聲？顯然，文於天並不滿足於成為「教書匠」，他有「老師」的自覺，他意識到一代人早就背負時代，走入晚冬，面對同樣的篇章，我們自有不同的閱讀方法。早在《狼狽》中，文於天就化身成龍蜥，表達了對教育制度的不滿，當他這些年來反複行走於教學樓上，面對與時代疏遠的古典篇章及參考答案，破壞並重寫這些範文，就成了他最憤怒的咆哮。

那麼文於天是從哪個角度切入重寫這些範文？重新解讀這些古典篇章的意義何在？其實十二篇範文俱是經典作品，但時移世變，這些篇章年代久遠，當中許多思想感情或已過時，或與現代社會有了重重隔膜，加上十二篇範文之間欠缺關聯，不成體系，故除了作為語文教育的資源，老師實難以此啟發學生，更遑論以這些範文，助學生建構理解世界的知識框架。文於天在〈後記〉中明言：「我提供一個只有對錯的參考答案——給我的學生，我也提供另一個沒有對錯的回應——有趣的是，他們所經歷過的人生，我也有，我的時空也有。」可見，文於天不滿足於僅把這些篇章視為應試工具，尤其是這些作品俱在 2019－2021 年間完成，這兩年多的時間，香港正經歷百年未有之變局，大多數的人都在受苦受困，顯然文於天更希望從這些「典範」中為自己，為學生提供應對困境的「參考答案」。

文於天把十二篇雜亂無章的範文重新組合成五組作品，分別名為〈念之章〉、〈困之章〉、〈渡之章〉、〈思之章〉及〈遊之章〉，共計詩作十五首，使之成為「一個有機體」，令「它能夠在時代中繼續流動」，詩人意圖取道古典，以回應當下，故五組作品的詩題本身就意味深長，〈念之章〉是對傳統價值提出挑戰；〈困之章〉從古人的困境觀照自己的時代；〈渡之章〉寫自己嘗試從困境突圍不果；〈思之章〉思考如何突破時代的禁忌；〈遊之章〉是詩人沉思過後，對「遊」的理解，亦是對當下的回應。

偉大的先賢，不肖的後代

「仁」、「孝」、「君子」等概念，在二千年獨尊儒術的背景下，早就內化成整個民族念念不忘的價值道德，即使現代社會不再以儒家為尊，但這些價值我們仍時常掛在嘴邊，成為律己律人的口號。然而聖賢之道在千百年的流傳中，被有目的地改造，許多思想已扭曲變形，不但失去了教化功能，在高速發展的現代社會，更成了思想桎梏。文於天就在〈念之章〉對這些傳統價值提出挑戰。

〈論孝〉開首就指出，「成長」令兩代人的思想產生矛盾，往後更愈走愈遠，最終只剩相似的面容和輪廓：

我們的防毒面具
早已深陷為表情
吞吐之間，他們彷彿也有過
異樣的唏噓，憑骨骼與輪廓
依稀相認，我不曾看見他們眼中的後代

如我是；日後我也將這樣
看不見我眼中的先賢
夜色如鐵
茫茫的大霧閂於前方
故事釘在前方，釘成一枚
牌匾或碑文，我們就這樣相隔著
如忌日重於記憶
如儀式無法兩相約同
又敬不違
勞而不怨

詩人認為自己永遠無法成為「先賢」，而先賢亦不會看到他們所期望的「後代」。「後代」與「先賢」的矛盾，包含著「肖」與「不肖」的辯證，子曰：「父在觀其志，父沒觀其行，三年無改於父之道，可謂孝矣。」傳統社會強調傳承，因而要求後代逼肖父母，繼承父志，加上家國一體，政教合一的文化背景，即使明知「父非道」仍要三年不改，[3] 以維持社會穩定。當然在上位者更希望通過提倡孝道，令民眾由孝於父母，以至孝於整個民族國家，無改父道，進而不逆君權。但是現代社會瞬息萬變，父母的「志」與「行」早就無法成為我們的模範。「在平庸的忌日」，我們尚且能夠不諱背祖訓，對著「充滿憂愁和淡漠的遺像」「默默無言」。但當社會經歷巨變，面對父輩不義之道，再也難以「又敬不違，勞而不怨」。當「茫茫的大霧門於前方」，為了前行，為了公義，一代人注定會成為「不肖子」，父母只能帶著疑惑和恐懼，看著我們的防毒面具深陷為表情。

除了孝道，文於天亦不同意先賢以「簡單二分法的精神／處理對立的天空」（〈論君子〉）。在儒家的論述中，「小人」彷彿有原罪，永遠作為「君子」的反面教材，然而不論古今，「君子」只有少數，大部分人只能成為「小人」。在流動性較低的傳統社會，「君子」與「小人」有著難以逾越的鴻溝，「君子」掌握了話語權，「小人」的聲音永遠受到壓抑。現代社會流動性大增，「君子」與「小人」的對立不再，卻換成了「精英」與「廢青」之辯。所謂的精英，成了現代的「君子」，他們仍然活在自己的時代，「你們退休後就返回你們的時代／在那裏，有另一座獅子山／給你們攀登，臨風對月」，時移勢易，但他們仍然壟斷話語權，更把我們的時代視為「瓦礫」，以過時的口吻告訴我們：「生活的形容詞、信仰的副詞、正道的代名詞」。

尋找傷心的替代品

「君子」失去了典範性，「仁義」亦成了一套「甚至要了／／我的命」（〈論仁〉、〈魚我所欲也〉）的無形法則，聖人遺訓已成空文，無助於我們應對時務。於是文於天在〈困之章〉與〈渡之章〉中，以詠史懷古的方式，試圖打開時空，與古人對話，藉他們的酒杯，澆自己的塊壘。在〈月下獨酌〉，詩人就試圖理解李白的時代和困境：

你的心會不會
因此而化為煙嵐
與天地相接？我翻開啟思書
只能在註釋中找到
傷心的替代品
一座碎葉城，它是愛國主義的

那裏的旅遊業不解決
月亮和雲塊的問題，垃圾
在焚化爐燃燒，天空佈滿機密
和輻射，這是
我的時代

生活的祭品中：廉價的紅酒
超市在賣；腥紅的鵝肝，陳列在
酒店的自助餐中，冠狀病毒
不會經過你的肺

不同的時空下，李白的碎葉城、月亮和雲塊，文於天的天空、輻射和冠狀病毒在詩歌中交錯，詩人進入李白生命的同時，觀照著自己的時代。但豪放如李白，亦「不能治療抑鬱、迷途、孤獨、恐懼和愚昧」，月下獨酌，只能求得片刻安寧。於是作者只有尋找自己「傷心的替代品」：

我也有

傷心的替代品：

維多利亞公園的草坪，我也有
花卉展的廢棄物，我也有
節慶之後的孤獨感，我也有

寒笛屬於鈴聲，鍵盤虛擬著
月色，遠遠的山巒伸展於
游泳池的倒影中

文於天始終關心著腳下的土地，當萬方多難之際，他亦登上了那座代表香港精神的山峰。登高臨遠，文於天才驚覺，自己早已「變而為客／再也望不到棲身之所」，如此變幻令他想起了久經離亂的杜甫：

我日漸枯竭的時候
帶著觀念之形讀大詞典中
感時憂國的解釋

你熱愛的土地
就像樓頭上的花
如我望見的流霞
也有了觀念之形，但你熱愛的土地
早已不在那裏
早已變成塵埃的輪廓
變成錦江倒影中的世界
變成玉壘山頂上的雲與煙
（〈登高〉）

文於天從杜甫的「感時憂國」裏，讀到腳下土地的命運：棲身之所終會化為塵埃倒影，故土變為異鄉，「客居」此地的人，將在熟悉的地方離散。在傳統社會，「修身、齊家、治國、平天下」是所有「讀聖賢書者」的目標。但香港社會生活安定，遠離戰亂，我們尚能接受修身、齊家的理念，但國事離我們太遠，從「家」到「國」的跨度太大，我們難以體認杜甫「國破山河在」的沉鬱深至。其實「家」與「國」之間尚有「鄉」，中國現代文學就有「鄉土」一脈，志在書寫久被忽視的鄉土情懷。而文於天巧妙地把杜甫的「家國」，轉換為自己的鄉土，以腳下土地的憂患，重新詮釋了〈登高〉，令遙遠的「感時憂國」，變得親切可感。

這片土地的變異，除了外在因素，亦有自身的問題，文於天在〈山居秋暝〉指出：

在人生的河道中
我看見城市被建成難題
生命被居所修正，
而你不似王孫，無法帶著包袱出發

你區分不了人生的單位

是尺度或是厘米
是實用面積還是
建築面積

「土地問題」是所有香港人面對的難題，地少人多，樓價高企，一處「居所」就能定定義我們的階級、價值以至未來，每個人都深陷其中，無法迴避，而理想的土壤，與年輕時的自由，只能在幻想中重建：

我需要
一間達摩寺，練習靜觀
或自修室，在那裏午睡
醒來之後大徹大悟
或那名為鹿柴的空間

建造插針式的樓房；那裏也有
一些樂園

有八十後的機鋪，從那裏走出來
也有九十後的GameBoy和
onlinegame和我們的
SimCity，我們的city如果也可以
從那裏回去，在那裏重建
一個國度，一間課室

但文於天深知這些事情早已結束，「像靜觀死亡／離開後便不再回來」。文於天想到了悠然自得的王維，想到他在山居之中「隨意春芳歇」，但是詩人卻看到了王維閒適背後的另一面：「我們至今無法／與王維相遇，他不會比我們更／樂觀，也不會比我們更清靜／／鹿柴建在甚麼地方／籠子建在甚麼地方」。有居所的地方，就有籠子，究竟是「樓盤廣告、秕政」把我們困住，還是我們自己畫地為「籠」？

故鄉變為異鄉已成不可逆轉的事實，文於天在〈渡之章〉中，就希望借鑑古人應對絕境的方式，以超渡苦厄。但不論是辛棄疾還是李清照，他們自身就在詞體的韻律中婉轉下沉，又如何能夠安撫這片土地上躁動的心魂？

李清照在晚秋之際，感懷身世，在破碎的山河下，「一晚臆想後頭痛欲裂／仍然找不到合適的地點隱居」（〈聲聲慢／爭渡〉），無處容身，時間流逝，滿目都是「憂鬱的客體」，不同的時空下，李清照有「1127 年的孤帆」與「淮水」；文於天亦有「1997 年的黃昏」與「深圳河」，兩人都有渡不過的河流與無法追回的青春，於是只能在冷清的黃昏下繼續尋覓、憔悴。

面對無法迴避的命運，豪放的辛棄疾想以美好的幻象突圍：煙火、鳳蕭、美人與寶馬香車，「是饗宴抑或藥劑／是耽溺抑或自沉」（〈青玉案／渡〉），但文於天認為最終都會徒勞無功：

看完煙花後
天空仍那麼單調那麼失落
那麼像你的名字
一個棄字

戰機越過了某海峽
戰機墜於某海
戰機沉入到
主流之中化成了圓渾的鯨骨
看完煙花後
天空仍那麼虛浮那麼嶙峋
那麼像你的名字
一個疾字

詩人以虛筆實寫，以南宋的煙火，映照今日的夜空，既同情辛棄疾，亦憐憫自己，說到底，「驀然迴首，那人卻在、燈火闌珊處」，不過是辛棄疾美好的想像和假設，多絢麗的煙火，亦無法點亮淪陷的土地，到頭來，「我們仍然生活於／煙花的深淵」。

既然無法突破眼前的困局，文於天在〈與蘇軾渡海〉中，就試圖繞過去，希望及早渡海，直達中年，避開當前的亂局。十年前，文於天的小輪渡過了維港，那年他23歲，但他沒有從蘇軾起伏的生命裏得到答案：

我沒有得到另一個
人生的角度，去仰望，但一低頭
又被真實所欺，看那些摧毀和拆卸，
我沒有得到「圓」的頓悟
這像不像蘇軾從無數次看月的經驗中
僅僅得到的一片孤舟？
一聲「人間如夢」，一月在上
一月在下——

他無法理解黃州的困境，如何使蘇軾變得圓渾？蘇軾也曾泛舟赤壁，面對萬頃波濤，亦僅悟得「人生如夢」。文於天無法理解月亮之上「有甚麼遺跡值得再三瞻仰」，也沒有學得新的角度，去觀望世界。尋尋覓覓，直到33歲，文於天再次登岸，這時，蘇軾的江月已渡過了1082年的飄搖。[5] 而文於天則要面對2020年的困境，一個始終無法繞過的時代。表面平靜的維港，「暗潮從海底伸出／一雙雙鬼手，每一揚浪都驚險萬分」，但只要這次渡過去，如同蘇軾當年渡過了「杭州密州／黃州惠州儋州」，對岸就會遇見43歲自己，久經磨練，生命就會變得圓渾。於是33歲歲的文於天邁步登岸，坦然面對那些難以繞過的苦難和風景。

如何突破一個時代的禁臠？

既然無法繞過2020年的困境，文於天在〈思之章〉中，就思考「要怎麼突破／一個時代的禁臠」。這是一個大哉問，連「先師」也反複強調：難矣哉！難矣哉。但他在〈拘於時〉中決心冒進：

我終於掌握了冒進的意義：

像縫紉機的語言——以繁密
交換纖細，也像蝴蝶渡海——
以燃燒交換轟烈
像擔雪填井，像抱薪救火
——以消弭獲得滿足

他抱著化作飛灰的決心，把思考的重心從「結果」轉向「過程」，希望在抗擊流俗的過程中獲得存在的意義。但是，他很快就發現，「躍升，然後就是／下墮，就像汽球的墮落，／時而冒進時而爆破」，「冒進」只能帶來一時的滿足，脆弱的肉身並未能抵擋毒害，拯救時代。[6]最終，「只能與沒有意志的地球／一起旋轉」。即使大智如先師，亦無法給予我們指引，文於天只能在時俗洪流中徘徊不前。

但挫敗未有令文於天放棄，他「時時自省直到突破／閾限或門檻」（〈假於物〉），激烈的冒進失敗，就轉而剛柔並濟，隨物賦形：

我隨物賦形，
我假借它們的身體
像已成大器，我假借它們的鋒利
削觚為圓，我學習樹蔭，
可以管理和收納一點陰暗
我也學習肱骨和股骨，變成一些
過於堅硬的事物，我相信堅不可摧

我相信牢不可破，我成為了它們
我　超越了它們。

文於天不再拘泥於時俗，不為形體所限，時而變為樹蔭、時而化身肱骨，時而柔曼，時而剛強，善於假物，就有了致千里，絕江海的把握。〈遊之章〉承〈思之章〉而來，思考著如何通過「遊」，在重重困境中突圍。此章的副題是「並贈燕夕」，對照當下之意，不言而喻。文於天從「一次又一次地毀滅／一次又一次被重建」的岳陽樓，體會到歷史的殘酷，我們無力對抗，只能憑票登樓悼念，「不抱任何希望就接受了／記憶的抵押品」。他也從柳宗元「恒惴慄」的生命裏，困惑於獨自出遊的意義：

我成了它。這與人何干？與己何干？
這與不辭艱辛的跋涉何干？
我為解決不了的難題所誤
與疲倦、恐懼一起彎曲
彎成任何崎嶇的路徑

文於天找不到出遊的目的，所以在的詩開首，文於天才會表明自己在那次少年遊後，傷心良久。甚至質疑「一個人為甚麼要從自誤的角度／欣賞山水呢？」直到他從西高山眺望，看到山外的燈火，港島與九龍的建築，文於天也如柳宗元一樣，「想通了『遊』的意義」。這些「城市優秀的鋸面」，才是屬於我們的「山水」，隱身在高樓之間，循入幽玄，「展開一場／險象環生的郊遊」，當下的困境，就再也困不住我們的神思。

沉默的飛蟲，國父的側影

〈逍遙遊〉可說是〈遊之章〉中最重要的一篇，記文於天在中山公園的一次遊歷。在中學課本裏的〈逍遙遊〉是節錄本，刪去了大而無當的大鵬和巨鯤，也刪去了神話傳說裏的藐姑射之山的神人，文本再也無法引起想像，「逍遙遊」亦失去了穿越邊界的力量，只餘下「有用」與「無用」這等淺顯的義理。文於天認為從「有用」與「無用」的分類中，無法掌握「高低清濁虛實／明暗圓缺／這些相反詞。」在此意識下，面對困境，我們只會詢問突圍「有用」嗎？「遊」有用嗎？即使僥倖逃過當下的困境，亦不過是「不困於龕器／

卻困於天地／／不困於煙火／困於萬種闌珊。」從一個困局，進入下一個更大的困局。於是文於天唯有重寫〈逍遙遊〉，突破範文體的局限。

文於天在中山公園看到偉大的銅像與沉默的飛蟲，他終於領略到「遊」的真諦。公園裏飛蟲很渺小，甚至飛不過一個公園，在革命烈士的銅像前，牠們不過是一群「抑鬱的集合體」，只能在沉默中朝生暮死。然而「那些沉默的飛蟲／不被我的旁觀左右」，牠們堅守信念，相信自己完全自由，把公園咫尺之地當成山水，「聚餐，於港口休歇／他們一起跳舞／一起看山看水／他們也去旅行／並將之命名為流放／名山大川都遊過了」。若我們不被「有用」與「無用」，「大」與「小」的分類所囿，飛蟲是不是也能心凝形釋？於是文於天在作品中引譬連類，讓「飛蟲」跨越邊界，瞬間「化而為古仁人／化而為一部蕩寇誌」。文於天終於悟出了解困的方法：

我善假於物
我不拘於時
——我化而為葉
乘風而起

比如一個人
於激流中闖蕩
任而由之
不成為船
成為浪
不名為流離
名為遊

「善假於物」、「不拘於時」，我們就能夠心遊萬仞，如風，如流水，隨物賦形，我們可以做「有用」的人，也可以做「無用」的人，可以變為中山公園裏的飛蟲，和喧囂的婦人，只要思接千載，心無凝滯，我們隨時能夠化身成志士仁人，甚至是國父的側影。堅守信念，不為形體所限，我們就能「心凝形釋，與萬化冥合」，即使在重重欄柵之內，也能夠展開一場「自在自得的郊遊」。

結語：思想完成了一次冒進

〈十二篇〉出經入史，風格多變，時而曠逸、時而低迴、但面對時局變幻，更多是沉鬱。文於天重寫〈十二篇〉，為這些經典文本注入了生命力，使之能夠繼續在時代中流動。在這個解構與重構的過程裏，他的創作有了新的突破。在《晚冬》裏，文於天雖然強調「我始終是一名旅者／必須在無數的絕嶺上掠過」（〈新視野號〉），但他已不再是《狼狽》中那隻「往內飛的野禽」[7]，〈十二篇〉的完成，意味著他已收起翅膀，回到人間。雖然文於天仍然與世界格格不入，但他不再「一個人在家就想把世界關起來／和我一起，排遣孤獨」[8]，這一次文於天選擇直面時代，在〈十二篇〉中，他想為自己、學生、以及身陷囹圄的人找到「傷心的替代品」。文於天在困境中看到了自己，也看到了天地眾生，在〈十二篇〉創作中，他告別了「成長」，開展了一場險象環生的郊遊，他的思想也從中完成了一次冒進。

1《字花》曾刊登文於天的詩輯，當時編輯曾淦賢以「隱秘的自我世界」形容其作品。（《字花》第四十四期。）

2 文於天：「《晚冬》中，「十二篇範文」的重寫幾乎耗去了我所有心神，這是《狼狽》所沒有的經驗。」文於天：《晚冬》，〈《晚冬》後記〉。

3 尹氏曰：「如其道，雖終身無改可也。如其非道，何待三年。然則三年無改者，孝子之心有所不忍故也。」朱熹：《四書章句集注》（北京：中華書局，2010 年），頁五十一。

4「後代們也將這樣／看著我們充滿憂愁和淡漠的遺像／就像我不敢繞過他們／在平庸的忌日，默默無言。」〈論孝〉

5 元豐二年（1079）蘇軾因烏臺詩案幾被處死，經多方營救，最終被貶黃州。面對絕境，他在元豐五年〈念奴嬌．赤壁懷古〉，以紓解內心鬱結，他從歷史的變幻，感嘆人生如夢，作品卻並未提出解決之道，明顯他當時無法解答，故只能以「一尊還酹江月」作結。同年他寫下前、後〈赤壁賦〉，透過主客答問，提出「變」與「不變」的辯證，並以「道士」與「孤鶴」反照內心，方從夢中「驚寤」。至此，蘇軾才慢慢從劫難中恢復過來。

6〈拘於時〉：「從毒劑到解藥，我嚥下／一樣的丸子或糖果，甘之如飴／我呼吸大氣中的善惡若蘭／我以抗世的糖衣／抵擋甚麼毒害？這一切——／這一切——是拯救麼？」

7 譚穎詩：〈往內飛的野禽——讀文於天《狼狽》〉，載《字花》第 53 期，2015 年，1 月。

8 文於天：〈關係〉，載《當我們讀詩的時候我們在讀的是甚麼》，頁九。

後記

文於天

b的後事

2016年8月21日，是我的貓——b的火化日，b在我踏入30歲前的一個星期死了，那年牠18歲。那天天陰，我們在觀塘一幢工廠大廈的寵物火葬場中將牠火化，牠是多麼的乾涸，彷彿杯麪中的脫水蔬菜，我有一種感覺是在與自己成長的晚期作別，29歲，一個人，我看看自己，彷彿那是一場給成長的葬禮，我傷心得不能言語。《狼狽》中我甚少寫b，這只是因為我不擅於給別人寫字，《晚冬》中，我更沒有一詩是寫b的，我只在〈家宴〉中提到牠，但我寫過野禽、野蜂、野豬、飛蝨這些不被馴化的生物，b曾被我馴化過嗎？馴化，我對此愈來愈感興趣，生活乃至工作，我也有被馴化過嗎？然而b已經死了快五年了，如今我34歲，牠將一直在我以後的人生缺席，牠不會給我一個答案。這一年我看看自己，看看身邊世事，彷彿仍然沒走出牠的葬禮，我的成長卻與我作別好久了。

狼狽後

對我來說，《狼狽》是一本充滿缺憾的作品，因為它幾乎沒有完成某種完整意念，有些部分到了《晚冬》才真正完成了。如今，我已經接近沒有單篇創作的概念了，我常常是先想到了整體，我對一個想表達的東西愈來愈沉著到整體，「整體」有一種令人著迷的結構，有時候是依據一個很早之前已形成的意念去表達一種想法，比如我在寫完〈家宴〉之後，我覺得已經把這個主題寫完了，寫盡了，它不能再有更多的「完整」。再舉例來說，我尤其感興趣的是《狼狽》中那隻噴火的龍蜥（《狼狽》，頁九十），牠在我的腦海中是沒有具體形象的，「去比利時結婚」後，牠至今仍在飛行的途上，在進行自己未完成的旅程；我早已打算給牠寫個專輯，這是後來我再寫〈龍蜥的旅居生活〉的原因，也曾想在《晚冬》中給牠安排一輯，只是仍沒有動力去把它完成——這部分的思考及實踐，我全然放進了「十二篇範文」的重寫上去，我是一整個地參與著的。

如果和《狼狽》相較，《晚冬》的成書過程顯得更狼狽，也因此我更喜歡它，因為我已經寫得非常少了，其中有一段時間我幾乎都沒在寫作，我讀了很多不同的東西，也做了很多不一樣的事，包括攝影、對馴化了的可悲生物產生了好奇、同情人類孤獨的飛行器、「重讀」一些耳熟能詳但從來沒有認真讀過的部分（例如脂硯齋的評）、對金融及股票市場產生了前所未有的興趣；我甚至完全沉迷到慢讀的狂熱之中，一再以語音輸入的形式一字一句把喜歡的書（其中很多與文學無關）整本朗讀成文字檔案。

這些無所事事或不務正業，反過來影響了我的思考、我的寫作，也參與了我的書寫。我知道，《晚冬》成書後，應該有一段更長的時間我不會再有出版詩集的打算，我的正職是一名中學教師，教學既是我所熱愛的事，也是令我幾乎沒有餘暇書寫的主因，矛盾的是，我需要這種分身不暇的狀態來參與思考和書寫，因為我是一個無法在閒暇之中書寫的人，長假期不能給我更多書寫的時間，那些時間我統統拿去做了很多別的事（如前述），或於無盡的批改中花開荼蘼，由是，這本詩集中的大部分作品都是在我教學的間隙寫成的，我很珍惜這些「間隙」，我以為我很多重要的作品都是在這個狀態之中寫成的，例如〈家宴〉和十二篇範文的重寫。

晚冬前

2021年的當刻，我又把這十二篇範文講授了一遍，而世事多變，往往來不及停駐便已出發，歷久常新的經典，如何與範文體作別？大同小異的生涯，又經歷著同樣的起起落落，一如範文體，有它的表、論、說、記。《晚冬》中，「十二篇範文」的重寫幾乎耗去了我所有心神，這是《狼狽》所沒有的經驗。「重寫」是一個很有趣的想法，因為它能夠在時代中繼續流動，它並不只是一個文本，而是一個有機體，是有依據的書寫。那是一個在2016年左右便開始蘊釀著的想法，一直到潮湧一般的2019年我才動筆，直到《晚冬》付梓前才完成五組，合共十五首詩，我從來沒有如此完整地去表達一個想法。遺憾的是最後一組〈涉之章〉並沒有收入書中，只因為到付梓前仍然無法令我感到滿意。

動筆不久，《字花》「重寫本土」欄目邀我重寫一篇香港文學作品，我寫了〈有時有時〉，重寫梁秉鈞的〈中午在鰂魚涌〉。那時我在荃灣教書，每天都會經過眾安街的天橋，有時候我沿著天橋就一直走到了荃灣西，有時就登上船向馬灣駛去，我就這樣懸於一種不著地的狀態，思考著種種日常。

身為教師，我的日常工作使我必須完全掌握全部範文的各方面，我幾乎可以倒背如流的這些範文，我幾乎每天都能在它們之中變化出測考題目（並提供參考答案），為那些生活在人生絕境的古人，比如出儒而入佛道的蘇軾，比如扶搖直上而直插谷底的柳宗元，比如那些打恭作揖的志士仁人及他們的朋友，為他們自己的焦慮和困境尋找「傷心的替代品」，我提供一個只有對錯的參考答案——給我的學生，我也提供另一個沒有對錯的回應——有趣的是，他們所經歷過的人生，我也有，我的時空也有。

再謝

《晚冬》出版計劃是在 2017 年開始成形的，轉眼又過了三年，輾轉到了今年才推出，離《狼狽》出版已近七年，對我來說，未必不是好事，事實上，我真的愈寫愈少了。《晚冬》的幕後依然是《狼狽》的團隊，在成書的過程中徐振告知麥穗將要結業，《晚冬》改為他新近成立的電光石火繼續出版，徐振是一位盡心盡力的出版人，他對我的很多意念都給予很大的支持，讓整個出版流程相當暢順。Dido為《晚冬》作序，她對我大部分的作品都進行過謹慎的通讀，並且往往能在我比較向內挖掘的書寫中，找到通向文本的路向。何梓慶是一位年輕學者，他笑言自己「主修籃球和詩歌」，在詩歌上，我們有著對語言共同的執迷。還要特別謝謝Yolanda為《晚冬》校對。

最後，我想把這本詩集送給我的未婚妻JB，她對我這些所思所想的餘燼，帶有最大的包容，她一一問及詩中迂迴的幽秘，通過誦讀跨越處處關限。

後記詩

今天我們又坐在海邊

——詩給JB

如果海離我們不遠
就去觀海吧，我們相信它
只因為它有足夠的深度
可以填滿世界的遺棄
如果可以從隔岸渡海
就渡過去吧，它的對面
正在倒譯我們的觀望

我們也正從反面
觀察對面的自己
我們坐在海邊
海離我們不遠：

如果天空可以貼上
名字，如果流浪即自由
如果海港佈滿暗湧和機密
只有生活能為天氣修辭
談甚麼也是你的曠野
談甚麼也是我的荒原
這是密集的世紀
有燦爛的生活
日記中我寫下
關於愛的排比句
像此刻的海

有近乎無盡的深度和屈折
一會兒是深色，一會兒是淺色
正在臚列，正在示現
我寫下了多雨的陽臺、
寫下偉大電影的對白
寫下落寞的修飾語

如果我們的博物館
是冷藏櫃，也是煉鋼廠
如果它也是一些浪濤或泡沫
海也能收入博物館嗎？
陳舊，如一卷秋風，鑽進了
山上的墨跡，海分解著藝術的
浪與濤，像早已印好在書上的一行遠山
一片滄海，墨跡過度詮釋了
那種意境。

如果我是屋頂上
將要入海的落日
我會努力發光，以向陽的一面老去
以向陰的一面婉辭，照得黃昏閃閃發亮
如果我不是海邊
我不會有邊界
如果我不是輪船
我不能在時間擱淺
如果我坐在一角
陽光滿室
苦苦思索一個恰當的動詞
我從萬頁的字典中翻過
時代和歷史，才找到
一間理想的明室
如果我不是
苦心孤詣的名句

如果我們可以
一起穿越時間的巨眼，靜靜讀完
末日的宣言
任由風從臉上刮過
我們讀著人生的大浪、
岬角、沉石和沙礫
我們也讀著煙霞、厚雲、
泥石和玻璃

如果沒有隧道可以離開孤島
如果天涯必須以沙啞的聲線演唱
如果我是填詞人，如果我也是演說家
如果我不能抵達升調的孤峰
如果我可以飛越
雲霧和海港
如果我是你，如果

你是我
在徬徨的街角
在不可估量的長夜暗渡

2020 03 31

晚冬

作者　文於天

出版　電光石火工作室
香港紅磡鶴園街 2G 號恆豐工業大廈
第 1 期 4 字樓 A1 座
電話：(852)2332 8978

發行　春華發行代理有限公司
香港九龍觀塘海濱道 171 號申新證券大廈 8 樓
電話：(852)2775 0388

印刷　嘉昱有限公司

編輯　徐焯賢

校對　蔡靜瑤(Yolanda)、文於天

出版日期　2021 年 7 月初版

定價　港幣 120 元正

香港印刷・Printed in Hong Kong

ISBN:978-988-75211-1-2

香港藝術發展局
Hong Kong Arts Development Council
資助

香港藝術發展局全力支持
藝術表達自由，
本計劃內容並不反映本局意見。

電光石火